강에게 고향을 묻다

KB140451

도서출판
작가마을

강에게 고향을 묻다

초판인쇄 | 2017년 10월 20일   **초판발행** | 2017년 10월 30일
지은이 | 안영순   **주간** | 배재경   **펴낸이** | 배재도   **펴낸곳** | 도서출판 작가마을
등록 | 2002년 8월 29일(제 2002-000012호)
주소 | 부산광역시 중구 대청로 141번길 15-1 대륙빌딩 301호
  T. 051)248-4145, 2598 F. 051)248-0723 E. seepoet@hanmail.net

국립중앙도서관 출판예정도서목록(CIP)

강에게 고향을 묻다 : 안영순 수필집 / 지은이: 안영순. ─

부산 : 작가마을, 2017
  p. ;   cm

ISBN 979-11-5606-084-0 03810 : ₩13000

한국 현대 수필[韓國現代隨筆]
814.7-KDC6
895.745-DDC23   CIP2017027438

※ 이 책의 무단전재 및 복제행위는 저작권법에 의거, 처벌의 대상이 됩니다.

 부산광역시
PUSAN METROPOLITAN CITY   부산문화재단
                          BUSAN CULTURAL FOUNDATION

본 도서는 부산광역시, 부산문화재단 지역문화예술특성화사업으로 지원을 받았습니다.

강에게 고향을 묻다

안영순 수필

※ 이 책에 실린 자수는 모두 안영순 수필가의 작품입니다.

기다림은 영원한 숙명과도 같습니다.

수필다운 수필을 하고자 힘을 기울여 보는 것도

하나의 기다림이라고 자위합니다.

기다림은 언제나 가슴설레는 뿌듯함입니다.

흘러간 마음 자락을 들추는 일은

떨칠 수 없는 부끄러움입니다.

뒤돌아 본 삶이 노을빛을 닮았으면 하는

부질없는 생각을 합니다.

도와주신 모든 분들께 진심으로 감사드립니다.

2017년 가을에

안 영 순

안영순 수필집

• 차례

안영순 수필집

• 차례

제1부

도라지꽃

막내 이모의 눈은 사시였습니다. 이모 나이 열여섯 살 때 우리 집에 와서 살게 되었습니다. 엄마 대신 어린 우리들을 보살피러 왔던 것입니다. 아무리 눈을 맞춰도 이모와는 시선을 마주볼 수가 없었습니다. 그 눈동자를 보면 슬픔이 무언지 막연히 느껴졌습니다. 막내 이모가 만만했던지 자주 떼를 쓰곤 했습니다. 똑바로 쳐다보지 않는다고 트집을 잡기도 했습니다. 엄마가 보이지 않을 때면 심통은 극에 달했습니다.

"너그 집에 가."

그 말만 하면 어린 이모는 아무 말도 못하고 그저 울기만 했습니다. 내가 이모를 이겼다는 생각에 마음이 뻣뻣해졌지만, 왠지 모르는 슬픔의 덩어리가 짓누르는 듯했습니다. 그럼에도 무심히 내뱉는 말이 이모의 가슴을 아프게 한다는 생각은 미처 하지 못했습니다. 심통이 날 때마다 서슴없이 비수를 던지곤 했습니다. 이모의 눈자위가 조금씩 더 어긋난 것이 내가 던진 비수 탓인지도 모릅니다. 사랑하는 사람을 쳐다보는데도 상대방은 몰라본다는 아픔을 온몸으로 느끼며 이모는 살았을 것입니다. 얼마나 애타게 나를 쳐다보았는지 지금에서야 어렴풋이 알 것 같습니다.

외갓집으로 돌아간 이모는 가난한 남자와 결혼을 했습니다. 어린 남편은 임신한 아내를 두고 입영을 했습니다. 뱃속에 든 아기가 쌍둥이인 줄도 몰랐다고 합니다. 남편 없는 시집살이는 힘들고 고된 나날이었습니다. 혼자 아들 둘을 낳은 뒤 손수 끓인 첫국밥을 먹고는, 먹은 만큼 하혈을 한 채 생을 마쳤습니다. 후에 들은 소문으론 핏덩이들을 고아원에 맡겨버렸다고 합니다.

끝내 내게 면죄부를 허락하지 않고 떠난 이모를 생각할 때마다 나는 속울음을 삼킵니다. '미안합니다. 사랑합니다.' 다만 마음속으로 되뇔 뿐입니다.

부엌아궁이에 쪼그리고 앉아 울던 어린 이모는 가슴 아릿한 상흔으로 남았습니다. 기억이란 타임머신을 타고 막내 이모가 내게로 다가옵니다. 열여섯 먹은 어린 이모가 나를 향해 웃습니다. 나도 따라 환하게 웃습니다. 부뚜막에 쪼그리고 앉아 시커먼 가마솥을 씻을 때면, 나도 짧은 팔로 끙끙대며 함께 씻습니다. 그립고 그리워 발길이 떨어지지 않는 타임캡슐을 연 것처럼 마음이 아픕니다.

형제란 한 나뭇가지에 달린 과일과 닮았습니다. 성性이 같은 여형제의 애틋함은 더욱 각별합니다. 그러나 까치밥처럼 쭈글쭈글해진 엄마만 홀로 남겨두고 죄다 떠나갔습니다. 땡감도 떨어지고 익은 감도 떨어진다지만, 저승사자가 명부를 뒤집어 읽은 것처럼 이모들은 가는데 순서 없이 떠나가 버렸습니다.

외갓집 가는 길은 산기슭을 돌아가야 합니다. 산기슭에는 온갖 야생화가 피어 있습니다. 늦은 여름이 되면 가을 하늘을 닮은 도라지꽃도 보입니다. 척박하고 외진 곳에 피어 있는 도라지꽃이 유난히 눈길을 잡습니다. 자세히 들여다보니 꽃잎이 바람에 시달리고 벌레에 뜯겨 볼품이 없습니다. 고개가 갸웃한 모습이 막내 이모를 닮

았습니다. 열매가 영글기도 전에 거센 바람에 쓰러질까
염려가 됩니다.

여형제가 없는 나는 늘 얼음골에 서있는 듯 추위를 탑
니다. 가끔 속상할 때도 하소연 할 데가 없습니다. 그럴
때 나는 수를 놓습니다. 도라지꽃이 흰 광목천에 핍니다.

도라지꽃이 된 이모가 환하게 웃습니다.

참나무 단상

　참나무를 보면 자식을 여럿 둔 가난한 가장의 모습이
보인다. 자신의 모든 것을 내어주고 피골이 상접한 육신
은 붉은 화염을 견딘, 죽어서도 죽지 못하고 숯이 되어
검은 모습을 드러낸다. 끝내는 마지막 기운까지 소진한
뒤 한 줌 재로 변하여 소멸하여간다.

　참나무 재를 생각하다 앙금처럼 가라앉아있던 어린 시
절이 되살아난다. 산 설고 물 설은 탄광촌까지 어떻게
가게 되었는지는 알 길이 없다. 그곳은 집도 검고 길도
검고 흐르는 개울물도 검었다. 쳐다본 하늘마저 검게 보
였다. 막 갱도에서 나온 광부들의 치아만 허옇게 빛났

다. 광부들은 탄광에서는 흑인으로, 밖에서는 본래 피부색으로 살았다.

당시 탄광촌 인부들의 임금은 쌀로 지불되었다. 쌀이 흔치 않던 시절에 그나마 그들은 흰쌀밥을 먹을 수 있었다. 그에 따른 부식이나 모든 생필품도 쌀과 물물교환을 하였다.

수도시설이 없어 우물에서 물지게로 져다 날랐다. 물독이 얼마나 큰지 물이 적게 담겨 있을 때 어린 내 팔은 닿지 않았다. 기온이 내려가면 물독이 얼어 가마니로 둘러쌓았다. 가뭄 때의 저수지처럼 물독이 바닥을 드러낼 때 청소를 했다.

긴 바가지로 물독 밑의 물을 퍼내다 죽은 쥐가 담겨 나왔다. 익사한 쥐는 동그란 눈을 시퍼렇게 뜬 채 노려보고 있다. 몸에 털이 달라붙지 않았다면 영락없이 살아있는 모습 그대로였다. 비명 지르는 내 입을 엄마가 황급히 막았다. 합숙하는 아저씨들이 알면 다른 집으로 옮긴다는 이유 때문이었다. 쥐가 빠져죽었던 물을 먹었지만 다행이 배탈 나거나 아픈 사람은 없었다. 지금도 엄마 말을 잊을 수가 없다. 죄짓지 않은 일이라서 괜찮다고 했다. 그땐 그랬다.

탄광촌과 학교는 이십 리가 넘던 먼 길이었다. 크고 작은 돌이 울퉁불퉁 깔린 비포장 도로였다. 임시로 만든 탄광촌이라 버스도 없었다. 석탄 실은 트럭 위에 쪼그리고 앉아 통학을 했다. 차 난간을 꼭 붙잡고 있어야 덜 흔들렸다. 석탄가루가 옷에 묻는 건 다반사였다. 흔들림보다 더 무서운 건 석탄차 위에서 떨어질지도 모른다는 두려움이었다. 설한풍에 두 손이 얼기도 했다. 언 손이 나중에는 감각조차 없었다.

차를 얻어 타고 가는 날은 그래도 운이 좋은 날이었다. 지각을 할 때도 더러 있었지만 탄광촌 사정을 잘 아는 선생님은 알고도 모른척해 주었다. 여름날 하굣길도 만만치 않았다. 뙤약볕, 신작로 길을 짧은 보폭으로 하염없이 걸었다. 숫제 사막이나 다름없었다. 저 멀리 오아시스처럼 뽀얗게 구름 먼지가 피어오르면, 가던 길을 멈추고 석탄차를 기다렸다. 해가 짧은 겨울 저녁은 어둠도 바쁜지 서둘러 온다. 숨이 턱에 닿도록 언덕배기에 올랐다. 저만치 어둠속에서 마중 나온 어른들이 아이들 이름을 불렀다.

탄광촌에는 전국각지의 사람들이 돈벌이를 찾아 몰려들었다. 가족들을 모두 데리고 온 사람들도 있었지만 혼자 온 남자들도 더러 있었다. 숱 많은 긴 머리를 뒤로 땋은 열여덟 살 먹은 옆집 언니는, 매일 자기 엄마가 쓴 요강을 비웠다. 그 언니의 어린 남동생 셋은 항상 시퍼런 코를 매달고 다녔다. 낯설고 수상한 할머니가 몇 번 들락거리더니 어느 날부터 옆집 언니가 보이지 않았다. 엄마에게 물었더니 나이 많고 돈 많은 남자에게 시집을 갔다고 했다. 이웃집에 사는 중년 부부는 사람 만나기를 두려워하는 것 같았다. 아무도 다니지 않는 외진 길로 돌아서 다녔다.

바람이 불지 않는데 참나무 가지가 우수수 떨어진다. 바람이 한 짓은 아니다. 떨어진 가지를 살펴보면 영락없이 톱으로 자른 듯이 보인다. 부드럽고 새파란 열매에 작은 구멍이 나있다. 참나무 거위벌레가 알을 슬어 놓았다. 알은 열매를 매개체 삼아 영양분을 먹고 벌레로 자란다. 참나무는 열매가 영글기도 전에 다른 이의 종족보존을 위해 기꺼이 자신을 내어준다.

매일 참나무 밑에 앉아 기도하는 사람이 있다. 머리에다 초록색 양파 망을 쓰고 두 손을 모으고 나무 밑에 앉아 있는 모습은 괴기스러웠다. 처음 보았을 때는 사이비

종교인이거나 무속인 인줄 알았다. 왠지 섬뜩해 곁을 지나오며 나도 모르게 걸음이 빨라졌다. 몸이 아파 참나무의 기를 받으려고 한다고 누군가 귀띔해주었다.

참나무 둥치에 기대고 서서 눈을 감아 본다. 서릿발 같은 기운이 느껴진다. 모진 광풍에도 굴하지 않고 속내를 다져 단단한 육질을 만드는 소리가 들린다. 가슴앓이를 했던 표시가 옹이로 남아 아픔을 말해주고 있다.

사람에게도 옹이가 있다면 어떤 모양일까. 아마 참나무 옹이 같은 사리술체가 아닐까. 참나무는 죽어 숯이라는 사리를 남긴다.

산 위에 서다

　산 정수리 바위틈에 서 있는 소나무는 바람을 먹고 산다. 바람 부는 쪽으로 허리를 비스듬히 굽히고 겸손하게 엎드려 있다. 지독한 태풍이 집채만 한 소나무를 뿌리채 내동댕이칠망정 바위틈의 소나무는 가지 하나 건드리지 않고 지나간다. 겸손의 미덕을 바람이 안다.

　억새군락들도 어느새 은빛을 다 거두었다. 집 가까이에 남아 있는 늦가을 단풍이 저녁놀을 받아 무지개를 닮은 일곱 빛깔을 하고 있다. 그것이 차라리 처연해 보인다. 떠나야 할 때를 알고 마지막 안간힘을 쓰는 자의 모습은 비장하다.

산 위에서 내려다보이는 인가는 흡사 아파트 모델하우스에 비치된 미니어처처럼 보인다. 손바닥만 한 도로, 두 손가락으로 들어 올려도 될 듯한 자동차의 행렬, 나는 소인국에 온 거인이 된 것 같다. 벤츠도, 마티즈도 그저 자동차일 뿐이다. 아파트 역시 마찬가지다. 아이들이 블록 쌓기 놀이를 한 것처럼 이쪽저쪽 널려 있다. 그것이 도시 풍경이다. 도시는 일장춘몽을 꿈꾸고 있다.

산 정상 부근에는 가난하고 맑은 영혼들이 살고 있다. 보라색 종을 흔들어 온 산을 맑은 종소리로 가득 채울 것 같은 잔대 꽃, 옹색한 살림이지만 배고픈 이들을 다 불러 모아 더운 국을 대접할 것만 같은 미역취 나물 꽃, 아무렇지 않게 피어있는 듯 보여도 지나는 길손 모두에게 해맑은 미소를 잊지 않는 구절초, 검은 치마 흰 저고리 입은 아낙처럼 수수한 마타하리, 곱디고운 얼굴을 숙이고 풀숲에 숨어있는 산골 처녀 같은 푸른 용담꽃, 가을이 오면 이 모든 순수한 영혼들을 만나고 싶어 서둘러 산에 오른다.

저 멀리 잠자는 듯 엎드린 낙동강이 보인다. 강은 흘러야 맛인데 머물러 있는 것처럼 보임은 어인 일인가. 그 강물 위에 열세 살에 이별한 아버지가 미소 짓고 계신다. 풍류를 즐길 줄 알던 아버지는 어린 내게 자주 시조를 읊어 주곤 했었다. 그런 아버지의 삶을 생각하면 언제나 마음이 아린다. 나는 홀로 남아 어린 자식들을 키우며 한숨과 원망의 말들을 주저리주저리 풀어 놓던 엄마가 너무 가여워 엄마를 도우는 착한 딸이 되기 위해 애썼다.

방앗간을 운영해 재산을 많이 모았던 아버지는 편히 살 수 있음에도 불구하고 전기가 들어오지 않는 다른 동네에 새 방앗간을 짓곤 했다. 호롱불과 촛불로만 살던 마을에도 전기가 들어오게 되었다. 그러기를 몇 번 반복하고 나니 있는 돈 없는 돈을 다 털어 넣게 되었다고 엄마에게서 귀가 아프도록 들었다. 그땐 아버지가 바보스럽게 생각 되었지만 돌이켜 생각해보면 비록 전 재산을 날려 식솔들 고생은 시켰지만 그 애기를 할 때 아버지의 눈에서 광채가 나는 것을 어린 나는 보았었다. 그때 아버지에게서 나던 냄새는 분명 수목이 우거진 푸른 산 냄새였다.

산을 아는 사람은 결코 좌절하지 않는다. 좌절이란 무의미한 것임을 아는 까닭일 게다. 희망을 갉아먹고 절망의 덫에 가까이 가는 자는 좌절이란 기차를 타는 셈이다.

삶이란 어느 한 순간도 만만하게 여기지 말아야 한다고 바위틈의 소나무가 말을 건다. 바위틈을 움켜잡고 있는 종아리를 만져 본다. 얼마나 치열하게 잡고 있는지 강력 본드라도 붙여 놓은 듯 단단하다. 부끄러운 건 바로 나였다.

간혹 산 사람들이 지나치며 "반갑습니다." 인사를 한다. 저들도 나를 알지 못하고 나도 그들에게 모르는 남남일 뿐이다. 모든 사람들이 더불어 살아가는 세상이지만 결정적인 순간이 오면 혼자가 되어야만 하는 것이 사람이다. 태어나는 일도, 죽음을 맞는 일도, 그런 까닭에 혼자 있는 연습이 필요할 것이다.

산 위에 서면 잊고 있었던 나를 본다. 전생에 무슨 인연으로 이곳에 서 있을까. 나도 모르는 사이 산 풍경이 되어 있음을 느낀다. 산다는 건 누군가를 보는 것이고 자신 또한 누군가에게 보이는 것이라면 지나친 생각일까. 그런데 보이는 이 없고 보아주는 이 없는 이곳은 삶의 사각지대다.

흔히들 정상에 섰다고 말한다. 정상이란 가장 높은 곳을 말함이다. 그러나 그곳은 영원히 머무를 수 있는 곳은 아니다. 언젠가는 반드시 내려와야 할 곳이다. 그 때를 알지 못한 사람들은 비비람에 내몰리거나 어둠에 쫓겨서야 허둥지둥 산을 내려온다.

바람이 차다. 산바람에 키가 자라지 못한 나무들은 시린 바람에도 의연하다. 이제 곧 매서운 북풍이 몰아치는 계절이 온다. 사람들처럼 월동 준비네 뭐네 호들갑을 떨지 않는다. 오히려 모든 것을 벗어 던지고 당당하게 맞설 준비를 하고 있다

산은 나에게 삶의 지혜를 가르쳐 준다.

빨간 속옷

어느 백화점 개업 날이다. 그 근처에 사는 지인에게서
연락이 왔다. 개업하는 백화점에서 빨간 속옷을 사면 재
수가 좋다고 했다. 백화점 개업하는 일이 흔치 않다는
말도 덧붙였다. 대수롭지 않게 넘겨 버렸지만 이내 생각
을 바꿨다.

오전 열한 시쯤 되어 백화점에 도착했다. 주차 공간이
많아선지 우려한 것 보다 복잡하지는 않다. 하지만 엘리
베이터엔 사람들이 빼곡히 들어찼다. 육 층에 있는 속옷
매장에 몰린 탓이다. 긴 줄 뒤에 서 있으니 검은 양복 차
림의 남자들이 외쳤다.

"란제리 사실 분만 줄을 서세요!"

시답잖은 선물 보다 재수와 복을 받고 싶은 사람이 많은지 그 말에도 좀체 벗어나는 이 하나 없다.

이십여 분을 기다려 들어간 매장은 북새통이었다. 그곳에 있는 모든 사람들이 빨간 속옷을 사지 않으면 내일 당장 망하기라도 할 것처럼 빨간 브래지어와 팬티를 쥐고 실랑이를 했다. 나도 질세라 남편과 아이들 팬티 치수 찾느라 머리가 다 뜯길 지경이었다. 직원들은 팬티를 박스째 갖다 놓고 치수를 골라 주며 팥죽 같은 땀을 흘렸다.

계산대에서도 한참을 기다렸다. 가격까지 만만치 않았다. 손바닥만 한 속옷 여덟 장이 삼십만 원을 웃돌았다. 속으론 움찔했지만 복과 재수를 산 셈 치니 아깝지 않았다. 올해는 만사형통하지 않을까 싶은 마음에 뿌듯하기까지 했다. 계산은 할부여도 복과 재수는 일시불로 오길 빌었다.

그날 저녁 개업한 백화점에 전국의 빨간 속옷이 다 동원되고 속옷 매출만 수억이 넘었다는 뉴스가 흘러나왔다. 아나운서는 영남 지방 사람들의 속설이라고 덧붙였다. 나는 재수와 복을 사람들에게 나눈 것이라 여긴다.

정설定說이 속설俗說이 되고 속설이 정설이 되는 세상이 아니던가.

예로부터 붉은 색은 악귀를 쫓는다고 전해져 온다. 동짓날 붉은 팥죽을 마당이나 문설주에 뿌리는 것도 악귀를 쫓아내기 위함이다. 장독간 주변에도 붉은 꽃이 피는 봉숭아를 심었다. 꽃이 피면 처녀들은 손톱에다 붉은 꽃물을 들이고 손톱에 핀 꽃잎이 지기 전에 첫눈 오기를 기다리곤 했다. 손톱에 물든 붉은색이 지기 전에 첫눈이 오면 첫사랑을 만날 수 있다는 속설 때문이었다. 과거보러 간 아들이 있는 집엔 닭 벼슬 닮은 붉은 맨드라미를 심어 급제를 빌기도 했단다. 장독간에 봉숭아를 심으면 실제로 냄새 때문에 뱀이 못 온다고도 한다.

한때 빨간 내복이 유행한 적이 있다. 첫 월급을 받아 엄마에게 빨갛고 두꺼운 내복을 사드렸다. 그 내복을 입고 엄마는 세상 부러울 것 없이 기뻐하셨다. 빨간 내복이 수호신이라도 되는 양 겨우내 즐겨 입고 다녔다. 구순을 넘겨 돌아가신 엄마 장례식날 장지에서 파낸 황토흙이 유난히도 붉게 느껴졌다. 엄마는 저승에서도 늘 붉은 내복을 입고 싶었나보다.

운동경기 때 심판이 내미는 빨간색 카드는 퇴장을 의

미한다. 하지만 단체경기를 할 때는 빨간 유니폼을 입는 쪽이 우승 확률이 높다고 한다. 상대 선수의 눈을 혼란스럽게 한 때문일까.

중국인들은 유난히 빨간색을 좋아한다. 국기도 빨간색 일색이다. 작년에 중국인 사위를 맞이하게 된 친구가 있다. 결혼식을 중국식으로 할지 한국식으로 할지 의견이 분분했다고 한다. 결혼식 전에 보내는 예단으로 빨간 명품가방 속에 빨간 지갑을 넣어 사돈에게 보냈다고 한다. 그것이 맘에 든 탓인지 다음 일들은 수월하게 진행 되었다고 한다. 아무래도 빨간색이 주술을 부린 모양이다.

현대인들은 불확실한 시대를 살아가고 있다. 연초엔 일 년 신수 보는 사람들로 점집 문턱이 닳을 지경이라고 한다. 지푸라기라도 잡는 심정으로 미신을 신봉하는 사람들이 더러 있다. 예측할 수 없는 불안감 때문에 미신인 줄 알면서도 위안을 받고 싶은 모양이다.

올해는 빨간색 옷이 유행한다고 한다. 경기는 위축되고 실업자는 늘어만 간다니 예삿일이 아니다. 대학을 졸업해도 취업은 하늘의 별따기이다. 어려운 이들 모두에게, 빨간 속옷이 주술을 부려 모든 일이 술술 풀리는 세상이 되었으면 좋겠다.

지우개

연필로 글씨를 써본 지가 언제던가. 초등학교 저학년 때는 부모나 형제가 연필을 깎아 주었다. 연필 깎는 기계가 나오기 전까지는 칼로 깎아서 쓸 수밖에 없었다. 집안이 넉넉하고 형이나 누나가 있는 아이들의 필통엔 반듯하고 곱게 깎은 연필이 가지런하게 정돈되어 있었다. 그러나 형편이 어렵고 부모나 형제가 돌볼 수 없는 아이들의 필통엔 몽당연필이 주린 아이들 신세처럼 굴러 다녔다.

어느 날 한 아이가 지우개가 달린 연필을 가지고 왔다. 지우개가 달린 연필은 흔치 않았을 뿐 아니라 가격도 비싼 때였다. 어린 마음에 그 연필로 쓰면 공부가 더 잘 될 것만 같았다. 그 시절의 아쉬움이 지금도 마음 한구석에 남아 있다.

요즘은 연필 깎는 칼이 필요 없다. 칼은커녕 연필도 뒷전으로 밀린 지 오래다. 심만 갈아 끼워 쓰는 편리한 샤프가 대신 그 역할을 한다. 세상의 변화에 문구文具라고 예외일 리 없다.

지나간 세월을 지우개로 지우고 수정 가능하다면 얼마나 좋을까. 잘못 살아온 부분을 지우개 하나로 쉽게 되돌리는 공허한 상상을 해본다. 헌데 기실 사람의 신체기능에는 지우개가 있는 듯싶다. 나이 들수록 깜빡깜빡 기억이 희미해지기도 하고 왜곡되기도 하는 걸 보면 말이다.

불과 삼십 대 후반인 그녀에게는 뜻밖에도 지우개라는 불행이 닥쳐오고 있었다. 의학적인 병명은 알츠하이머. 남편은 물론 애지중지 키우던 두 딸마저도 기억할 수 없는 안개 같은 증상이 그녀를 괴롭혔다. 아내를 위해, 남편은 어린 딸들이 젊은 날의 엄마를 기억하도록 영상물을 제작했다. 곱게 화장을 하고 예쁜 옷을 입고 카메라를 향해 너희들을 사랑하노라고 얘기하는 모습이 처연하게 아픔으로 다가왔다. 아직 젊은 나이에 자신이 낳은 딸을 못 알아본다는 것은 천형이 아니고 무엇이랴. 점점 지워져 가는 기억의 파노라마를 붙안고 투병하는 모습은 시들어 가는 꽃을 보는 듯 안타까웠다.

살면서 꼭 기억해야 될 일도 있지만 잊고 살아야 할 부분도 많다. 아무렇지 않게 내뱉은 말 한마디가 상대방에게는 비수가 될 수도 있다. 나이가 들어가면서 해야 될 말과 하지 말아야 될 말을 구분하는 지혜가 더욱 필요해 보인다. 부단하게 두뇌조직의 건강을 위하여 두뇌운동을 하는 요령 역시 절실해지는 듯하다.

순간적으로 머리 한 부분이 지워지는 느낌을 받을 때가 있다. 건망증이 뱀처럼 똬리를 틀고 숨어 살다 고개를 내미는 것이다. 아직은 화장하다가 한쪽 눈썹만 그리고 외출하는 황망한 일은 없지만 장담할 수도 없기에 자꾸 서글퍼진다. 망각이 필요할 때도 있긴 하다. 살면서 늘 좋을 수만은 없지 않은가. 나쁜 기억은 그때그때 털어내는 것이 정신 건강에 이롭다.

시아버지께서 돌아가신 뒤 사망신고를 하기 위해 본적지로 향했다. 오가는 길이 멀어 여유롭게 출발했는데도 기차를 놓쳐버렸다. 돌아가신 아버님이 아직은 사망신고를 하지 말라는 것 같았다. 가까스로 마감시간이 임박하여 면사무소에 도착했다. 사망신고서에 아버님의 주민번호를 적는 손이 연신 떨렸다. 다시는 쓸 일 없는 숫

자라 생각하니 마음까지 떨렸다. 한 생의 마감을 끝낸 후에 면사무소 직원들의 업무도 끝이 났다. 우연치고는 묘하다는 생각이 들었다. 벌금을 물더라도 사망신고를 늦출 걸, 가뭇없이 사라져간 생의 흔적 때문인지 눈물도 번지고 차창 밖의 노을도 유난히 붉게 강물 위로 번져갔다.

구순이 된 엄마는 이승에서 지워지기가 무척 싫은 모양이었다. 한쪽 다리가 레슬링 선수보다 더 굵게 부어올랐다. 발이 얼음장 같이 차다. 등에 욕창도 깊어졌다. 며칠을 넘기기도 어려워 보였다. 여한이나 없게끔 노인 병동으로 옮겼다. 위 아래로 호스를 달고 두 팔이 침대에 묶인 채 간신히 호흡을 했다. 외손자도 못 알아보았다. 막내며느리가 아버님이 저 세상에서 사십여 년이 넘도록 어머니를 기다린다 해도 다리 아파 못 간다고 고사할 지경이었다. 마중 나와 업고 간다 한들 버티고 투정 부릴 태세다. 말똥에 굴러도 이승이 좋은 모양이다.

"내가 누군데요."
"니도 몰라보면 나보고 죽으라꼬."

물어 본 내가 도리어 머쓱해졌다.

연

　오일장을 즐겨 찾는다. 지방을 여행할 때면 그 지방의 특산물에 눈을 맞춘다. 요즘엔 5일마다 서는 도회지 속의 오시게장에 가끔 간다. 장 이름이 좀 유별나기도 하지만 집에서 가까운 거리에 있어 저녁밥을 안쳐놓고 달려가기도 한다.

　장을 오가면서 나는 오시게 가시게 하는 말을 종종 중얼댄다. 그러면 장이 나에게 무슨 말을 하는 듯 더 정겨워진다. 전에 온천장 인근에 있던 그 장은 팽창하는 도시의 세력에 떠밀려 변두리인 노포동 자락으로 옮겼다. 장터 맞은편에 고속버스터미널이 있어 고속버스를 이용

할 경우 그곳을 구경하기도 한다.

장터로 들어서는 길목엔 꽃을 파는 가게가 줄을 섰다. 온갖 아름다운 꽃과 향기로 장을 찾는 사람을 환하게 한다. 염불보다 잿밥에 마음이 움직여 꽃가게 앞에서 더 오랜 시간을 보낸다. 꽃이 내 발목을 잡는다.

연蓮뿌리를 파는 아주머니의 난전을 그냥 지나치지 못한다. 진흙이 가득 묻은 연뿌리를 씻어 다듬는 아주머니의 얼굴 피부가 연근처럼 구멍이 송송하다는 생각을 해 본다. 아주머니의 칼질에 토막토막 잘리는 연뿌리와 그 얼굴을 번갈아 보면서 연근을 시장바구니에 담았다. 아주머니의 얼굴은 아마도 천연두를 앓은 흔적이지 싶다. 그녀와 연뿌리는 인연이 깊은지도 모른다.

연뿌리는 진흙 속에 몸을 숨기고 산다. 가장 더러운 진흙 속에서 가장 아름다운 꽃대를 뽑아 올린다. 아름답고 고고한 자태 뒤에는 보이지 않는 고난이 힘이 되어 준다.

연뿌리 조림은 막내 딸아이가 특히 좋아했다. 도시락을 두 개씩 싸들고 다니던 딸아이의 반찬으로 자주 챙겨주던 반찬이다. 튼실한 뿌리로 연꽃처럼 아름답고 건강하게 자라기를 기대하던 나의 염원도 같이 담아 주었다.

정월 대보름날 해운대 백사장에 갔다. 달집 태우는 행

사 구경을 하고 싶었다. 청솔가지로 지은 달집 주변은 수많은 사람들로 불처럼 한껏 달아올랐다. 바닷가 모래 구덩이 속에 촛불을 밝혀놓고 소원을 비는 내 나이 또래의 여인들을 보았다. 북새통 같은 모래사장에서 얼굴마저 상기된 채 열심이 비손을 올리고 있다. 흔들리는 촛불은 운명과의 인연緣을 저울질하듯 기우뚱거리며 제 몸을 태우고 있었다. 그녀들의 뜨거운 비손을 보며 아무 생각 없이 살아가는 것 같은 내가 부끄러웠다.

바람 부는 하늘엔 여러 모양의 연鳶들이 춤추고 있다. 가오리연, 방패연, 독수리연 등 다양한 모양새가 눈을 끈다. 연은 하늘에 비손 올리는 또 다른 심정이 아닐까. 하늘에 뜬 온갖 연들은 차라리 군무를 추는 무희 같기도 하다. 거기 맞장구를 치느라 바람마저 신이 난 것 같다.

높이 날아 하늘을 주름잡는 연과 땅 속에 뿌리를 박은 연 사이에서 나는 어떤 인연으로 살아가는지 곰곰이 생각하게도 된다.

겨울이 깊어질 무렵 며늘아기가 병원에서 귀여운 아기를 낳았다. 나는 순식간에 할머니가 되는 기쁜 인연의 고리를 안게 되었다. 그 인연이 눈부시게 황홀하여 갓 태어난 아기에게 마음으로 무수한 기도를 드렸다. 이 소중한 인연으로 더욱 건강하고 행복해지길 거푸 빌었다.

석 달 가량의 출산휴가도 끝나고 며느리는 아기와 함께 그들이 사는 곳으로 돌아갔다. 든 자리보다 역시 난 자리가 큰가보다. 며느리와 아기가 거처한 방을 치우다 보니 허전함이 울컥 밀려왔다. 아기 냄새가 고소하게 나는 듯하고 울음소리가 막 들리는 듯도 했다.

해산수발을 하는 동안 나는 오시계장에 거의 가지 못했다. 꽃가게의 꽃이 나를 기다리는 것 같았다. 연뿌리를 파는 그녀가 또한 기다리는 것 같았다. 기실 나를 기다리는 사람은 시장에 아무도 없는데 마음이 시장 쪽으로 먼저 간다.

이제 할머니라는 호칭이 붙었으니 할머니티를 좀 내볼까 싶었다. 거울을 보니 아직 그런 호칭으로 불리기에는 이른 것 같다. 그러나 백화점에 가면 어김없이 '어머니'라는 호칭으로 불린다. 점원들이 손님의 비위를 맞추느라 그렇게 부르는 것일 텐데 처음에는 좀 거북하기도 했다. 차차 그 말에 익숙해져간다. 이 또한 호칭의 연이라고 할까. 사람은 알게 모르게 인연에 걸리면서, 젖으면서 그렇게 살아가는 것인가 보다.

인연을 떨칠 수 없어 인연을 찾아 서로 얽히는 일, 사람 사는 맛이다.

강에게 고향을 묻다

강물이 흘러간다. 바람은 흘러가는 강물이 안타까운 모양이다. 돌아오지 않는 강물임을 아는 바람이 물살을 거스르며 물 피부를 난도질한다. 바람칼에 베이는 물결은 은빛 진통을 드러낸다. 그 아픔이 눈부셔 색안경을 꺼내 쓴다. 양산과 김해를 잇는 낙동강 다리를 건널 때면 언제나 서늘한 한기를 느끼곤 한다. 고향 마을을 지나온 강물과 만나는 까닭이다.

그날도 거세게 바람이 불었다. 학교에서 돌아온 나는 책 보따리를 마루에 던져두고 강둑에 있는 포구나무 쪽으로 내달렸다. 강둑으로 연결된 곳에 포구나무를 중심으로 작은 동산이 제법 넓었다. 동네 아이들 놀이터인 거기엔 아무도 나와 있지 않았다. 여느 때 같으면 남자 아이들은 자치기를 하고, 여자 아이들은 고무줄놀이나 땅따먹기를 하고 있을 때다. 무심코 올려다본 나뭇가지 에는 까맣게 익은 포구 열매가 딱총을 하던 아이처럼 매 달려 있었다. 나무타기에 자신이 있던 나는 나무를 기어 오르기 시작했다. 나무 위에서 본 강물은 온통 황톳빛이 었다.

얼마나 지났을까. 나무 위에서 떨어진 나를 누군가 업 어다가 집에 데려다 준 것이다. 황톳빛 강물을 보고 멀 미가 났던 것일까. 기절을 했던 것인지 잠을 잤던 것인 지 지금도 알 길이 없다.

옛 사람들이 살던 대부분의 마을은 한 성씨가 주류를 이루며 살아왔다. 농사가 주업인 까닭에 고향을 등질 일 도 거의 없었다. 여인네들은 가사 뿐 아니라 농사일까지 같이 했다. 아이들이 태어나도 젖을 먹이는 일 말고는 거의 돌볼 틈조차 없었다. 뛰어놀 만한 나이가 되면 온 동네가 아이들의 놀이터가 되었다. 아이들 중 누군가 점 심때가 지나도 오지 않아 찾아 나서면 뒷산으로 올라갔 다고 마을 사람들이 일러 주었다. 아이 보는 일이 동네 사람 공동의 몫인 것처럼 속속들이 사정을 알 만큼 유대가 깊었다.

요즘 아이들은 초등학교만 가도 위치 추적기며 핸드폰을 가지고 다닌다. 그러고도 마음을 놓을 수 없어 학교 교문 앞에서 기다려 데려가는 부모도 많다. 비나 눈이 오지 않아도 초등학교 교문에는 아이들을 기다리는 부모들로 만원이다. 비나 눈도 아니고 짐승을 피하는 것은 더더구나 아닌, 사람을 피해야 하는 한심한 세상에서 아이들은 자라고 있는 것이다.

무엇이 아이들로 하여금 이런 세상에서 자라나게 한 것일까. 필요 이상으로 풍부한 물질 탓에 상대적 빈곤을 느끼기 때문인가. 정녕 소중한 것이 무엇인지 모르고 사는 까닭은 아닐까. 개개인의 소질과 개성은 무시하고 모두 최고로만 치닫는 우리 시대의 병폐를 인식한다면 달라져야 하지 않겠나. 비단 나만의 생각은 아닐 것이다.

조상대대로 살던 곳, 태어나서 자란 곳이 고향일진데 요즘 아이들에게 고향을 묻는다면 과연 어떤 대답을 할까. 어느 병원 산부인과라는 대답이라도 나올 것만 같다. 다음세대에서의 고향의 의미는 무엇일까. 세대가 변하고 가치관이 변해도 변하지 않는 것이 있다면 어머니

같은 마음의 고향일 것이다.

먼 길에 잠시 쉬어가는 강섶 잔물결에 손을 담그고 고향소식을 묻는다. 물살은 찰랑거리며 대답한다. 강가의 은빛 모래도 거기 그대로 있다고 속살거린다. 물굽이 소용돌이 소沼 위의 절벽에 있는 벚나무도 봄이 오면 벚꽃이 만발해진다 한다. 강둑 위의 포구나무도 아이들을 잘 키우던 옛 시절이 그립다고 말할 것 같다.

몇 해 전에 혼자 고향 마을로 간 적이 있다. 동네 어귀까지 가서는 무엇에 쫓기듯 돌아서 나왔다. 십 년이면 강산도 변한다는데, 그 십 년이 몇 번이나 흐른 공간에서 있자니 두려웠다. 돌아가신 부모님을 만날 수도 있고, 어린 시절을 곱씹어 볼 수도 있는데 변해버린 고향마을이 모든 추억을 앗아가 버릴 것 같아 도망치듯 뒤돌아선 것이다.

돌이켜 보면 아쉬운 생각도 들지만 한편으론 잘 한 것 같았다. 옛 연인을 만난 남녀가 서로 변한 모습에 실망하며 후회하는 것보다는 그리운 마음을 가슴에 남겨둔 채 살아가는 것도 나쁘지 않을 거라 위안해본다.

새해 첫날 해맞이 길에서 머무는 듯 흐르는 강물을 보며 나는 한 마리 연어가 된다.

민둥산역

　지형 설명을 들은 아들은 태블릿 피시로 지도를 검색하여 가장 비슷한 마을 두 곳을 찾았다. 순서대로 가보기로 했다. 길 위에 있는 간선 도로에는 차들이 쉴 새 없이 지나갔다. 굽이진 옛길은 차량 통행도 뜸했다. 부슬비를 맞으며 걸음을 재촉했다. 서서 기다리기엔 강원도 초겨울바람이 야속하다 여길 만치 차갑다.

　바람이 나를 질책하는 듯하다. 딸의 무심함을, 아니 자식들의 무심함을 원망하지 않았을까. 반백년이 넘은 세월에 변함없이 마음 졸이며 자식들을 기다렸을 것 같다. 아버지의 넋을 따라가듯 바람을 따라 나섰다.

제사 하루 전날 서울에서였다. 둘째 아들이 역에서 기다리고 있었다. 열차에서 내리는 순간 섬광처럼 아버지가 떠올랐다. 아들을 만나자마자 나는 곧장 강원도 정선 사북으로 가자고 했다. 산소를 찾을 수는 없어도 모자간 가을 여행이라 생각하라며 길을 나섰다. 어리둥절한 표정으로 아들은 말없이 동행했다. 늦은 밤 정선에 도착했다. 하룻밤을 허름한 호텔에서 묵고 다음날 아침 길을 나섰다.

마을 한가운데서 두 사람을 만나 물었다. 군에 갔다 온 일 말고는 마을을 떠난 적이 없다는 그의 기억은 내 기억과 아주 비슷했다. 묻혀 있던 기억의 부스러기를 건드리니 거짓말처럼 그 당시 마을 건너 철길 이름인 오공구, 육공구란 말이 절로 입에서 흘러 나왔다.

그 옛날 공사판 아저씨들의 도움으로 돌아가신 아버지를 집 뒤쪽에서 바라보이는 곳에 모셨다. 그 산야는 거기 그대로 있었다. 아버지를 모신 그곳의 정확한 지명은 증산이었다. 강산이 다섯 번이나 변한 세월에도 산은 전혀 낯설지 않았다. 어른이 되어 찾아오면 건너편 산봉우리를 바라보라던 아저씨의 말이 어제 들은 말처럼 생생하게 기억이 돋아났다. 장례식 때 보이던 앞산 봉우리도 그때 그대로였다.

　오늘은 아버지 제삿날이다. 동행한 아들에게 아버지가 묻혀 있음직한 산허리를 향해 절을 시켰다. 기다림의 세월이 강물처럼 흘러가 버렸다. 자손에게 지척에서는 처음 받아 보는 절이다.

　산허리의 가장 높은 집에서 살았기에 마을이 훤히 내려다 보였다. 넓은 개울을 건너야 마을로 내려갈 수 있었다. 장마가 지나간 뒷날 장에 가는 엄마를 형제 모두가 따라 나섰다. 시장에서 돌아오는 길에 우리는 임시로 지은 허술한 다리를 건너야 했다. 다리 밑으로 시뻘건 급류가 콸콸 흐르고, 대충 이은 다리는 구멍이 숭숭 나 있어 위태롭기만 했다. 동생 둘과 나는 먼저 다리를 뛰어 건넜다. 엄마 뒤로는 막내 동생이 따라오고 있었다. 황톳빛 급류가 신기했던 막내가 다리 중앙에 쪼그리고 앉아 구경을 했다. 엄마와 나는 다급히 막내를 불렀다. 막내가 다리를 건너고 몇 걸음 떼는 순간, 그만 다리가 와지끈 소리를 내며 급류에 휩쓸려 가버렸다. 그때의 아찔했던 순간이 아픔으로 다가온다.

　오빠를 부산에 두고 온 아버지는 오매불망 맏아들 생각뿐이었다. 탄광촌에서 산을 넘어 철로 공사판으로 이

사를 했다. 여린 손으로 우리 형제들도 공사판에서 망치질을 해가며 자갈을 깨었다. 저녁 일을 마치고 집에 돌아온 아버지는 인사불성이 되다시피 날뛰었다. 몇 달을 벌어 모아 장판 밑에 간직했던 돈이 없어진 것이다. 도둑을 맞았다. 옆방에 사는 사람이 의심스러웠지만 심증만으론 어쩔 도리가 없었다. 그 돈은 오빠에게 보낼 돈이었다. 그때부터 아버지는 살아갈 의욕을 잃고 말았다.

시간은 너무나도 짧았다. 두 달을 병석에 누워 계시던 어느 날 아버지는 기운이 돌아온 듯이 보였다. 병이 나으면 부산으로 돌아가자고 했다. 그러나 그 약속은 지켜지지 않았다. 이틀을 채 넘기지 못한 저녁, "엄마 말 잘 듣고 동생들 데리고 외갓집으로 가거라, 순아." 마지막 말을 남기고 운명하였다. 목숨 같은 돈을 훔쳐간 그 사람은 아버지의 죽음을 대면하고 어떤 생각을 했을지. 아버지를 산 중턱에 묻어 두고 한 달 정도 여비를 벌어 외갓집을 향해 길을 떠났다.

십오 년 전쯤 엄마와 막내 동생 내외와 함께 아버지 묘소를 찾으러 사북에 간 적이 있다. 사북은 아무리 살펴봐도 모를 동네였다. 산허리에 있는 철로도, 마을 옆으로 흐르던 개울도 너무 달랐다. 하지만 이번에야 말로 아버지의 영혼이 이곳으로 나를 부른 것 같았다. 산 중턱 건너편에 붉은색 밑동을 드러낸 소나무 한 그루가 나를 향해 손짓을 했다.

나는 소나무를 향해 나직이 불러 본다. 아버지…

엉뚱한 놈

　순전히 그 아이 탓이다. 한자 공부를 하게 된 일은, 지방을 쓰시고 있던 할아버지 뒤에 앉아 유심히 쳐다보다가 하는 말인즉,

　"증조할아버지께서 오시라고 오실 현顯자를 쓰시는군요."

　"옳지!"

　무릎을 탁 치며 탄복을 하는 할아버지, 제사 때마다 써오던 지방이었어도 그 생각까지는 하지 않았었기에 더 기특한 생각이 든단다. 그 아이 여섯 살 적 일이다.

　전생에 남편은 웬수고 자식은 빚쟁이고 손자는 애인이

라는 말이 있다. 젊은 할머니들이 하도 손자 얘기를 하니 만원 내고 자랑하라고 하다가 요즘은 이만 원 줘서 보낸다는 말까지 생겨났다. 자기 손자는 혼자서만 예뻐해야지 다른 사람에게 강요하지 말라는 뜻이기도 하다. 하지만 어쩌랴 전생의 애인이었던 것을, 그 아이 밭 전田자를 쓰기에 네모에 십자를 쓴다고 하니,

"할머니 입 구口에 열 십+이에요."

"어이구 할머니가 미안 하구나."

어지간한 한자는 읽을 줄은 알아도 막상 쓰려면 무언가 앞을 턱 막아버려 쓸 수가 없다. 무식이 탄로 나는 순간이다. 한자도 그걸 아는지 꽁무니를 빼버려 한 획도 얼씬거리지 않는다. 할 수 없이 호랑이 굴로 들어가는 방법 밖엔 없다.

처음 이백열네 자 부수, 기초부터 시작 했다. 하나 일—점 주丶 뚫을 곤丨, 한자 배우기는 추어탕국을 끓이는 일이다. 가령 추어탕국에 산초가루나 마늘이거나 한 가지라도 빠지면 제 맛이 나지 않듯이 한자에도 한 획수가 빠지면 글자가 되지 않거나 전혀 엉뚱한 글자가 되어 버리기 때문이다.

한자 공부하는 재미에 푹 빠졌다. 쉴 휴休는 사람이

나무木 밑에 앉아 있을 때는 쉬기 때문이다. 그러할 연然
은 달밤月에 불 灬 위에 개犬고기를 요리해야 할 때는 몸
이 아프던지 약하던지 그러할 이유가 있다는 것이다. 빛
날 요曜는 해日가 비치면 새推의 털羽 이 빛이 나기 때문이
란다. 언제까지 재미있을지는 알 수 없지만 알아가는 재
미가 쏠쏠하다.

추석 전날 일이다. 네 놈이 한꺼번에 우루루 달려가고
달려오고 아수라장이 따로 없다. 거실 평상 위에서 내려
올 때도 두 발을 모두고 뛰어서 내려온다. 집안에서는
도무지 통제 불능이다. 이런 날 아이들 보는 당번은 할
아버지다. 차에 태워 회사로 가는 게 상책이다. 넓은 공
장에 있는 온갖 집기가 저희들 장난감으로 변신한다. 바
퀴 달린 사각형 수레는 무동력 자동차가 되고 아래층, 위
층으로 술래잡기 놀이하기도 그만이다.

그 아이가 사고를 쳤다. 한자로 적힌 전동 지게차의 사
용 설명서를 읽고 지게차를 운전한 것이다. 실내에서 필
요할 때마다 움직이기 때문에 키는 항상 꽂혀 있었다. 지
게차 발을 위로 들어 올려 천장에 달려있던 형광등을 박
살냈다. 백오십 킬로와트 동력의 차단 스위치가 자동으
로 내려갔다. 그러고선 그 자리를 수습하느라 비를 들고

물을 퍼붓고 난리법석을 떨었다. 놀란 할아버지가 지게차를 원 상태로 해놓으려 해도 평소에 운전한 적이 없어 더듬거리니 그 아이,

"할아버지 왼쪽 것은 위로, 오른쪽 것은 아래로 …"

답답한지 운전법까지 알려 주더라는 것이다. 네 아이 중 한 아이도 다치지 않은 일은 그야말로 조상님이 돌보신 덕분이라 믿는다. 여덟 살 아이가 지게차를 운전 하리라고는 상상조차 못한 일이다.

회사 놀이에 싫증이 날 무렵, 워터파크 공원엘 갔다. 매 시간이 되면 음악 소리와 함께 물줄기를 쏘아 올려 아이들을 환호하게 하는 곳이다. 물줄기가 솟아오르면 환호성과 함께 물을 맞으려 아이들이 달린다. 물에 옷이 젖는 건 안중에도 없다. 우리 어린 시절엔 옷이 젖을까 봐 개울물에도 함부로 들어가지 못했는데.

한참을 그렇게 나부대다 보니 목도 마를 밖에. 자판기의 음료수를 사 달랜다. 잔돈이 모자란다는 할아버지에게 관리 사무실에서 바꾸어 준다고, 친절하게 알려 줄 줄도 안다. 음료수 뚜껑을 따서 주니 네 아이 일제히 손을 높이 들고 하는 말,

"하느님도 드셔 보세요."

주위에 놀던 아이들이 무슨 일인가 몰려들어 같이 끼고 싶어 안달을 한다.

　추석 지난 다음날 아이들과 함께 필리핀 세부로 여행을 떠났다. 그 아이와 조용한 시간을 가질 수 있었다. 하느님에게 음료수를 먼저 드리는 것은 순전히 제 생각이었다는 것이다. 다음 명절엔 무슨 놀랄 일을 꾸밀는지, 고 놈 참.

억새

억새꽃이 피면 가을이 오고 억새꽃이 지면 겨울이 온다. 억새꽃을 보면 마음이 설렌다. 매년 피지만 볼 때마다 새롭다. 비가 적게 온 해의 억새는 키가 작고 꽃잎도 짧다. 비가 잦은 해의 억새는 멋쩍게 큰 키로 잎이 무성하다.

한 송이만 따로 놓고 보면 억새꽃은 참으로 볼품없다. 꽃이라고 부르기도 민망하다. 하지만 군락지어 핀 억새는 사람들에게 환호성을 지르게 한다. 무리지어 핀 억새의 아름다움은 매우 고혹적이다.

억새는 사람들을 불러들인다. 가을이 오면 사람들은

억새를 보러 산에 오른다. 그런 사람들의 마음을 위로해 주듯 억새는 바람결에 하늘하늘 거린다. 초라하고 소박해 보이지만 그 모습에 사람들은 매료된다. 세상에 쓸모 없는 것은 없다는. 무용지용無用之用 장자莊子의 쓸모없음의 쓸모가 그냥 나왔겠는가. 억새도 분명 있어야 하는 이유가 있을 것이다.

억새밭에 이른 봄이 오면 산새들의 보금자리가 되기도 한다. 누렇게 바랜 억새풀 속에서 산새들은 짝짓기를 하고 보금자리도 꾸민다. 알을 품어 새 생명을 잉태 시킨다. 억새는 군소리 없이 비바람도 막아주고 갓 태어난 새끼들을 보호해 주기도 한다. 새끼들이 스스로 걷게 될 때쯤이면 마른 억새는 새로 돋아나는 여리고 어린 억새에게 자리를 내어주고 거름이 되어 한 생을 마감한다.

꽃으로 보이는 흰색의 억새는 씨앗에 털을 가득히 매달고 있는 열매다. 꽃잎이 없으니 향기가 없는 것이 당연하다. 맛있는 열매도 없으니 곤충이나 새들의 먹이가 되어 순간이동을 할 수도 없다. 꽃잎을 대신하는 것은 열매를 감싸 안은 하얀 털이다. 털 마디 사이사이에 촘촘하게 씨앗이 매달려 있다. 털은 맨 아래쪽에서 낙하산처럼 펼쳐져 씨앗을 받치고, 맨 위쪽엔 털 하나가 길게 자라나 있다. 낙하할 때 중심을 잡는 구실을 한다. 후 불어 날리니 똑바로 착지한다.

푸른 가을 산등성이에 하늘거리는 억새는 은발의 중후한 노신사를 만난 느낌이다. 세상사 모두 달관한 인자한 철학자 같기도 하다. 흰 손을 흔들며 삶에 지친 사람들에게 괜찮다고 다독다독 위로해주는 듯싶다. 굽힐 줄을 알기에 꺾이지 않는 지혜를 지녔다.

억새밭에 누워 하늘을 본다. 억새가 흰색인 이유는 구름처럼 되고 싶어서인가. 붙박이처럼 뿌리 내린 그들이 혹여 다른 세상이 궁금한 때문은 아닐까. 흰 씨앗으로 앉은 자리 훌훌 털어내고 바람 따라 구름 마냥 흘러가고 싶은 건 아닐는지.

억새는 무저항주의 간디처럼 주저 없이 다 내준다. 떼로 몰려온 등산객들이 질근질근 밟고 뭉개도 쉼터로서 마다하지 않는다. 등산객들이 떠난 뒤에야 주섬주섬 구부러진 허리, 비틀어진 다리를 서로 부추기며 추스를 것이다. 꺾어진 가지의 씨앗들은 조금이라도 더 멀리 자손을 퍼트리기 위해 흰 털을 한껏 부풀려 이른 비행을 시작하리라. 높아지는 가을하늘이 억새를 더 멀리 더 높이 날아가도록 돕기라도 하는 듯하다.

억새가 노래를 부른다. 으악새의 노래는 가을의 정점 頂點이다. 자연의 하모니가 지친 이들에게 따뜻한 위로를 안겨준다. 엄마 품속처럼 편안하다.

덜 여문 붉은 억새꽃을 꺾어 주머니에 넣었다. 저녁나절에 꺼내니 흰털을 매단 씨앗이 화르르 떨어진다. 몇 시간 만에 붉은 털을 한껏 부풀려 놓은 모양이다. 어두운 주머니에 갇혀 오직 비상飛上만을 꿈꾸며 견디기라도 한 듯이.

초저녁달이 산등성이에 덮인 억새밭을 구경하러 나왔다. 달빛에 비친 산기슭 억새들의 표정이 궁금하다. 먼 길에 피로한 기러기들이 곤히 잠들어 있을 것만 같다. 나도 한 마리 기러기가 되어 억새밭에 잠들고 싶다.

지금 나는 생의 억새밭에 서 있다. 누구나 마음속에 두려움 하나쯤은 있을 것이다. 어물쩍거리다가 씨앗 하나 품을 새도 없이 쭉정이로 바람에 날아가지는 않을지, 혹 어느 어두운 골짜기에 낙하해 흔적 없이 잊히지나 않을까. 그런 두려움은 잊고 멋지게 비상해보아야겠다. 억새처럼.

소리

침대에 누워 잠을 청한다. 어디선가 소리가 들려온다. 천둥소리 같기도 하고 비 오는 소리 같기도 하다. 베란다에 나가 아래를 살폈다. 그 소리는 아스팔트에 닿는 자동차 바퀴 소리였다. 소리에도 긴 끈이 이어져 있는 것 같다. 아파트 최상층 침대 위에서 듣는 차 소리는 긴 끈으로 연결되어 내게로 전달되고 있다는 상상에 잠긴다.

소리에도 여러 가지 종류가 있다. 음악소리, 웃음소리, 울음소리, 모든 소리 중에서 가장 듣기 좋은 소리는 아기들의 웃음소리 같다. 가식도 위선도 없는 천상의 소리가 아닐까. 아이들을 키울 때 그 웃음소리를 듣고 있노라면 세상의 모든 근심 걱정도 사라져 버리는 것 같았다. 아이들의 웃음소리는 가뭄 뒤에 오는 단비 소리다. 언제 어디서 들어도 질리지 않는 향기로운 꽃의 웃음소리다.

아무생각 없이 길을 걷다 자동차 경음기 소리에 놀란 적이 있다. 자동차의 경음기 소리는 '라'(A) 음이라고 한다. 오케스트라의 연주 전 튜닝할 때도 라 음으로 음을 맞춘다. 세상의 모든 소리와 가장 잘 화합할 수 있는 음이기 때문에 선택된 것이 아닐까. 약간의 긴박감도 지닌 채 울리는 그 소리는 인위적인 도시의 소리이기도 하다.

아주 드물게 귀가 소리를 낼 때도 있다. '이명'이 그것이다. 그 소리는 자기 자신만이 들을 수 있는 소리다. 의사들은 건강을 체크하라는 적신호라고도 한다. 하지만 그건 세상의 모든 소리에 진력이 난 귀가, 나도 소리를 낼 수 있다고 잠시 시위하는 것은 아닐까. 소리가 나지 않는데 들리는 그 소리는 가슴이 말을 하고 있는 소리일 것 같기도 하다.

가구도 소리를 낸다. 사물이 모두 잠든 깊은 밤 가구들이 깨어나는 소리를 들은 적이 있다. 미세하게 '뚝'하는 뼈 소리 같았다. 아마도 푸른 숲속 나무였던 시절, 고향에 대한 그리움과 지친 뼈마디가 한숨이 되어 나오는 소리인지도 모른다. 사계절 바뀌는 날씨와 바람과 비와 푸른 하늘과 나뭇가지 위에서 아름다운 노래를 불러주던 새들의 노래도 그리운 것이리라. 땅 위에 붙어 간지럼을 태우며 기어오르던 칡넝쿨의 손길도, 소리소문없이 내리며 맨살을 쓰다듬어 주던 목화송이 같은 눈발도 여기엔 없다. 그 모든 것들이 그리워 내는 비명 소리가 아닐까 싶다.

오늘도 나는 산으로 간다. 다람쥐가 바쁜 걸음으로 도토리를 땅에 숨기는 소리가 들린다. 겨울에 먹을 양식을 준비하는 소리다. 발소리에 놀란 까투리가 푸드덕 날아간다. 나도 놀란다. 내 소리에 나뭇잎과 풀잎들도 파르르 소리를 내며 몸을 떤다.

산 정상 양지바른 풀밭엔 가을 하늘과 닮은 용담 꽃이 소리 없이 햇살과 밀회 중이다. 용담은 덜 핀 듯 꽃이 핀다. 햇살이 비켜 가면 절로 꽃잎을 오므린다. 햇살은 용담 꽃의 연인이다. 누군가에 들킬세라 살며시 숨어서 핀다. 양지바른 풀잎이나 억새밭을 찬찬히 살펴야 만날 수 있다. 용담꽃잎을 자세히 들여다보고 있노라면 무슨 말을 해야 할지, 말아야 할지 망설이는 듯하다. 용담은 수줍음이 많은 산골처녀 같다.

가을 햇살이 바윗돌을 달구는 소리가 들린다. 바위 위에 앉아본다. 따뜻한 감촉이 겨울밤 장작불을 땐 아랫목 같다. 아랫목에 앉아 할머니가 해주시던 옛날이야기 소리에 졸린 눈을 비비던 기억이 아슴푸레 소리를 낸다. 타닥거리며 불 때는 소리가 들리는 듯도 하다. 가을 햇살엔 장작불 타는 소리가 쟁여있다. 바람 따라 서걱거리는 억새풀 소리는 할머니의 이야기 소리다.

지천으로 피어난 노란 미역초 꽃무리가 바람에 군무群舞를 이룬다. 이른 봄 날 간신히 숨어 나물되기를 면한 덕분에 여린 꽃대를 올린 취나물이 작은 꽃 이파리를 흔드는 소리도 들린다. 양지바른 바위 밑 한 무리의 사람들이 깔고 앉아 짓밟힌 억새풀들이 일어나려 안간힘 쓰는 소리가 들린다. 약한 것들은 어디서나 치열하게 살아가야 하나보다. 지나가던 바람이 잠시 거들어 주고 간다. 억새들이 바람에게 고마움을 전하는 소리가 들린다.

밤이 되면 마음의 문이 소리 없이 열린다. 낮에는 결코 들리지 않는 소리를 들을 수 있다. 어둠속의 그 소리는 거부할 수 없는 마력이 있다. 내면의 소리다. 얕은 마음의 심지를 돋우어 주는 소리, 무언의 소리에 귀 기울이고 마음 기울이며 살아가라는 소리다.

생각은 굴뚝같은데 행동으로 이어지지 못하고 몸 따로 마음 따로, 따로 국밥이다. 얇은 속내를 들킬세라 시끄러운 소리로 지껄인 적은 얼마나 많았을까 돌이켜 본다. 무지를 감추기 위한 그 모든 소리가 북소리가 되어 내 마음에서 울려온다.

그 바위

몸 군데군데 검은 자국이 소리 없이 상처를 이야기한다. 세월의 흔적을 고스란히 지니고 있다. 예전이나 지금이나 사람들이 살아가는 길엔 걱정과 간절한 바람이 끊임없이 생겨나나 보다.

원래 바위 근처는 늪이었다. 이끼 바위를 만난 지가 십 년이 지났지만 나보다 곱절을 넘게 다닌 사람들만이 그 내력을 알고 있다. 크고 작은 이끼 군락이 바위 전체를 둘러싸고 있었다고 한다. 바위 전체가 푸른 이끼 덩어리처럼 보이기도 했단다.

또 다른 이름은 늦정이다. 길게 드리워져 있는 이끼가

길고 짧아 젓가락을 세워놓은 것 같이 보였기 때문이다. 놋젓가락을 세워놓은 것 같은 느낌이어서 놋젓가락이라고 하다가 놋정이라고 줄여 부르게 되었다는 유래가 전해진다. 오월이 되면 바위 앞에서 사람들은 산신제도 지낸다.

바위 몸에는 물을 품고 있다. 사시사철 물이 나온다. 지독한 가뭄에도 물이 마르는 일이 없다. 지하수처럼 여름에는 서늘하고 겨울에는 미지근하다. 물맛도 참 순하다. 굽이굽이 오르막길을 올라온 목마른 사람들에게 오아시스나 다름없다. 강인하면서도 온화한 바위가 물맛을 순하게 만드는 모양이다.

검게 그을린 상처 자국을 쓰다듬는다. 젊은 나이, 어려웠던 시절이 되살아난다. 물품대금으로 받은 어음은 부도가 나고 생산직원은 기계에 손가락이 잘려 나갔다. 궁리 끝에 용한 무속인을 찾아갔다. 싸릿골에서 공을 들이면 사업이 번창할 거라 했다. 지푸라기라도 잡는 심정이었다.

돼지머리에 떡시루에다 북어포 등 갖가지 제수를 준비했다. 밤 아홉 시쯤에 싸릿골로 젊은 여자는 제수를 이고 늙은 무속인을 따라나섰다. 손전등으로 칠흑 같은 어둠을 쫓으며 개울가로 난 비탈길을 한참 걸었다. 개울물 흐르는 소리가 파도소리처럼 거세었다. 부엉이 울음소리도 무서운 줄 몰랐다. 늦가을 차가운 바람에 허리가 휘청거렸다,

물 깊은 웅덩이 옆 바위 밑에 촛불을 밝혔다. 제수를 차려 놓고 무속인은 북을 두드리고 나는 영문 없이 빌기만 했다. 밤새 촛불은 뚝뚝 굵은 눈물을 흘리며 말없이 두 여자를 지켜주었다. 어스름 먼동 틀 무렵이 되어서야 토끼 눈을 하고 첫 버스에 올라 집으로 돌아왔다. 사는 게 그리도 팍팍했지만 '둘만 낳아 잘 기르자'는 정부의 구호에도 불구하고 애를 셋이나 낳았다. 당시엔 미개인이라는 말까지 들었다. 미개인이 낳은 아이 셋은 문명인으로 잘 살아가고 있다.

그땐 왜 안달복달했을까. 일찍 핀 꽃이 빨리 진다는 걸 왜 몰랐을까. 꽃만 피운다고 모두가 열매 맺을 수 없다는 걸, 열매가 익으려면 더운 여름 햇볕과 세찬 비바람과 폭풍우도 견뎌내야 한다는 진실을.

바위는 물만 품고 있는 게 아니었다. 여러 생명들도 품고 있다. 사람들이 근접할 수 없는 바위 중턱에는 바람에 날려 온 듯한 모래 둔덕이 있다. 그곳엔 키가 나지막

한 진달래가 살고 있다. 봄이 오면 진달래가 어김없이 돌아온다. 다람쥐 집도 이웃하고 있다. 아기 진달래꽃이 새끼 다람쥐를 불러내어 같이 논다.

바위 밑동을 어루만져 본다. 오래 전에 빌었던 사람들의 소원이 절절하게 전해져 오는 것 같다. 그들의 소원은 무엇이었을까. 삼대독자 며느리의 아들 점지가 소원이었을까. 시앗을 얻은 남편이 돌아오기를 빌고 빌었을까. 그 시절 내가 그랬듯이 남편 사업 번창이 간절한 염원이었을까. 무엇이 되었건 그 모든 소원들이 다 이루어졌을 거라고 믿고 싶다.

바위가 내게 말을 걸어온다. 젊은 그때로 돌아가고 싶은 생각은 없느냐고 묻는다. 젊은 날이 그립긴 하지만 쉽게 대답할 수가 없다. 죽을힘을 다해 살아온 시간들, 오늘을 있게 한 날들이었기에 돌아가고 싶은 아쉬움은 없다.

그런들 대수랴, 세상사 남가지몽南柯之夢인 것을…

제2부

그 산골

가랑비 내리는 숲에는 거미집이 자주 눈에 들어온다. 삼각형 집, 기다랗게 직사각형으로 지은 집, 네모로 지은 집, 둥글게 지은 집, 사람들이 살아가는 집만큼이나 다양한 거미집들이 나뭇가지나 풀잎 여기저기 흩어져 있다. 햇살이 밝은 날에는 눈에 잘 띄지 않는 것들이다.

웬만한 바람에는 끄떡하지 않는 것이 비 오는 날이면 작은 물방울의 힘을 빌려 형태를 드러낸다. 날줄 씨줄로 촘촘하게 엮은 거미집엔 하루살이가 걸려 있고 나방이 붙어 있기도 한다. 거미의 집이 길 잃은 작은 곤충들의 무덤이 된다.

숲으로 갈 때는 홀가분한 마음으로 나선다. 등산화와 스틱 두 개만 있으면 그만이다. 머리는 손가락으로 대충 빗고 눈곱이나 끼지 않았는지 거울에 얼굴을 비춰본다.

바람의 집은 숲이다. 숲 속에는 바람의 길도 있다. 숲 길 따라 바람이 불어온다. 솔숲에서 또닥또닥 빗방울 떨어지는 소리를 듣는다. 나무 잎사귀에 떨어지는 빗소리는 안단테 칸타빌레다. 바람은 덩달아 허밍으로 추임새를 넣는다. 빗물이 뺨을 타고 목을 거쳐 가슴으로 파고든다. 나무처럼 마음을 열고 흠뻑 습기를 빨아들인다. 한 그루 나무가 된 것 같다.

숲은 지구의 자궁이다. 지독한 가뭄에도 숲은 저장해 두었던 물을 아끼지 않고 내주기도 한다. 순환의 이치다. 숲에서 사람들은 잃었던 건강을 회복한다. 숲의 정기를 마시고 그 힘을 빌려 치유된 사람들을 더러 본다. 숲에 서면 꼬깃꼬깃 접혀 있던 마음이 상수리나무 잎사귀처럼 펼쳐진다. 꼬인 마음도 너그러워지는 듯싶다.

모든 생명은 종족보존을 위해 생성과 소멸을 되풀이한다. 하찮게 보이는 풀과 나무도 때가 되면 꽃을 피우고 열매를 맺는 게 순리이다. 그것을 따르지 못하면 미래도 없다. 인간은 종족보존에서 머물지 않고, 더 나아가 차원 높은 환경을 위해 노력을 아끼지 않는다. 참다운 가치가 점점 퇴락해가는 세상에 인간만이 가질 수 있는 가치란 무엇이 있을까. 이제부터라도 찾아가야할 때이지 싶다. 그 길이 무엇이든 주위를 보다 아름답게 가꾸어 나가는 것이 중요하지 않을까.

누구나 자유롭게 다가서라고 숲이 읊조리는 것 같다. 비 내리는 숲은 더욱 낭만적이다. 신선한 공기와 잔잔히 떨어지는 빗소리로 평온함에 젖어든다. 사람들은 숲을 무심하게 대하기도 하지만, 마음을 열면 숲은 언제든 사람을 반갑게 맞이한다.

시아버님께선 선산에다 소나무를 심었다. 고만고만한 키의 묘목들이었다. 어느덧 소나무는 어른 키 두 배만큼이나 자랐다. 이제 두 어른께서는 그 소나무 숲 옆에 다정하게 누워 계신다. 성묘를 할 때면 시부모님의 도란거리는 소리가 솔밭바람을 타고 들리는 듯하다.

콩새 한 마리가 콩콩 뛰며 손안에 잡힐 듯 앞을 가로막는다. 닫혀있던 기억의 풀숲이 활짝 열린다. 아버지를 따라 강원도 정선 골짜기로 들어간 때가 떠오른다. 어찌나 소쩍새가 구슬피 울던지 그 울음에 홀려 길을 잃어 버렸다. 해거름이 깔릴 무렵인데 아무리 걸어도 제자리로 돌아와 있었다. 숲이 호락호락하게 길을 내주지 않았다. 험한 계곡 길을 따라 하늘에서 초저녁별이 후드득후드득 폭포처럼 쏟아져 내렸다. 그때만큼 실컷 별구경 한 적은 없었다. 뒤꽁무니만 따라오는 딸에게 미안했던지 아버지는 돌아가는 내내 말이 없었다.

그 산골에 다시 한 번 가보고 싶다. 사방에 깔려 있을 아버지와의 추억을 되새기고 싶다. 숲 속에서 쏟아지는 별들의 무곡舞曲을 듣고 싶다. 숲에 뜬 별들에게 그 밤 아버지와의 산길이야기를 해야겠다.

세월은 흘러가도 아버지와 함께 걷던 날 저녁 별은 좀체 잊을 수가 없다.

간을 보다

제사상에 간장종지를 올린다. 제수를 다 올리고 난 뒤에 버릇처럼 생각나는 일이다. 결혼하여 첫 제사 때 시어머니께서 제수를 다 올린 뒤에 간장을 올리라고 말씀하셨다. 그 일이 맏며느리인 내게 잊히지 않는 기억으로 전수 되었다. 음식의 간을 소중하게 생각했던 옛사람들은 제사상에 올리는 음식마저도 간을 알맞게 맞추어 정성껏 제사를 올렸다.

같은 재료라도 만드는 솜씨에 따라 음식 맛이 달라진다. 누군가 음식을 먹고 난 뒤 간이 맞는다고 하면 맛있었다는 말과 다름이 없다. 그만큼 음식에 간을 맞추는 일은 중요한 일이다.

생선이 나지 않는 고장인데도 안동에는 간고등어가 유명하다. 영덕 강구항에서 잡은 고등어를 안동으로 운반하는 시간이 이틀이나 걸렸기에 소금으로 절여 운반하였다. 상하기 직전에 나오는 효소와 소금이 어우러져 기막힌 맛이 생성되었다고 한다. 황금 비율에다 황금 시간의 적절한 조화가 빚어낸 맛이다.

때로는 사람에게도 간을 본다. 대개 처음 만난 사람의 성향을 알고 싶거나 할 때다. 열 길 물속은 알아도 한 길 사람 속은 모른다는 말처럼 사람 간을 보는 일은 쉽지 않다. 서로에게 진심으로 대한다면 간을 보는 일 따윈 쓸데없는 일이 될 것이다.

간장과 된장은 우리민족에게는 생명줄이나 다름없는 음식이다. 왜구의 침략이 끊임없던 시절에 콩으로 만든 된장에다 철분이 많은 무시래기를 군량미 삼아 견디었다고도 한다. 된장이나 시래기는 계절과 온도와는 상관없이 보관할 수 있는 전천후 식품이다.

비록 도시의 아파트에 살고 있지만 말馬 날이나 손 없는 날을 골라 해마다 장을 담근다. 천주교 매장에서 국산 콩으로 띄운 메주를 산다. 메주 반 말이면 물 한 말에 간수 뺀 소금 서 됫박이 필요하다. 금정산 이끼바위 약수터 물을 하루 한 병씩 지고 와서 모아 두었다가 밤새 녹인 소금물에 날계란을 띄운다. 백 원짜리 동전 크기만큼 보이게 물 위로 떠오르면 적당하다. 소금은 밑바닥에다 밤새 진회색 바다 갯벌을 토해놓았다. 볏짚에 불을 붙여 장독을 그을려 닦고 촘촘한 채를 받쳐 소금물을 붓고 나면 장 담그기가 끝난다. 일 년 장 농사의 시작이다.

재작년엔 메주를 시골 친척에게 부탁했다. 장 담글 시기가 되어 메주를 보내 달라 하니 남은 메주가 없다고 하였다. 시기가 지난 까닭에 도시에서는 국산콩 메주를 살 수가 없었다. 요즘은 기온이 높아져서 정월장을 담아야지 삼월(3월)장은 실패하기 일쑤다. 친척은 시골에서 담그면 삼월장이라도 괜찮다고 시골에서 메주를 구해 담아주마고 제안했다. 미안함을 무릅쓰고 메주 한 말 값에 소금 값을 얹어 부쳤다.

초겨울에 장을 뜨러갔다. 낮에는 바람과 햇살을 받고, 밤에는 달과 별빛을 받아 익어간 장이다. 장독을 열자 황톳빛 장물이 때깔부터 달라보였다. 친척 형님은 간장은 말 통에다 담고, 된장은 붉은 플라스틱 통에 담아 고춧가루를 자르륵 붓더니 맹물에 치대어 담아주었다. 고추씨가 많이 들어간 고춧가루를 넣어 익히면 장맛이 더욱 좋다고 한다. 처음 보는 방법이지만 무조건 믿기로 마음먹는다. 미안함과 고마움이 장과 함께 범벅이 된다. 장을 가져와 항아리에 넣고 소금으로 입구를 막아 보관해 두었다.

한해 여름을 보낸 뒤 장맛을 보았다. 된장 맛이 기가 막혔다. 황금빛 노란색이 도시 아파트에서 숙성된 된장과 견줄 바가 못 되었다. 된장 뚝배기에서 청도 바람 냄새가 났다. 감밭 모퉁이 장독대에서 익은 된장에선 감꽃 향기가 났다. 가끔 된장을 끓이다 유성이 떨어지는 소리를 듣기도 한다. 여름밤 들었던 은하수 물길 소리가 나기도 한다.

된장독 어두운 곳에서 말없이 숙성되어 갔을 콩을 생각해 본다. 가을 추수 무렵이면 다음 해엔 어느 하늘 아래 자손을 퍼트리고 살아갈지 한껏 기대를 했을 것이다. 씨앗으로 발아하지 못한 콩은 기실 생명의 종지부를 찍은 셈이다. 난데없이 물에 퉁퉁 불려 뜨거운 솥에 곤죽이 되도록 삶겨 나왔다. 절굿공이로 짓이겨져 예쁜 콩이 못난이의 대명사인 메주로 변해버렸다. 그것도 모자라 한 계절을 푸른곰팡이와 동거하며 발효되어야만 했다. 열악하고 짜디짠 소금물에서도 자기의 본분을 잊지 않고 민족의 맛으로 다시 태어난 콩에게 고마운 마음을 가져야 하지 않을까.

사람이 짜면 욕을 먹겠지만 된장이 짜면 간을 잘 맞추면 될 일이다. 삶에서 때를 잘 맞추는 일도 간을 맞추는 일과 동일하지 않을까 싶다.

시골 소식이 궁금해지면 된장국을 끓인다.

미친다는 것

경상도에서는 친한 사람들끼리 "니 미쳤나." 하는 말은 욕이 아니고 지인들 간의 친근한 말이기도 하다. 엉뚱한 말을 한다든지 엉뚱한 짓을 하는 가족에게나 친구들에게 하는 말이다. 친하지 않으면 결코 쓸 수 없는 표현이기도 하다.

미친다는 것은 무언가에 완전히 마음을 빼앗겼을 때를 일컫는다. 살면서 미친 적이 몇 번이나 있었는지 생각해 본다. 스무 살 초반에 만난 남편에게 미친 것이 첫 번째가 아닌가 생각된다. 큰 키에 선한 인상을 가진 그는 매너까지도 좋았다. 장남에다 연로하신 부모님과 공부가 채 끝나지 않은 동생들도 있다는 건 아무런 문제가 되지 않았다.

시쳇말로 눈에 콩깍지가 씌었던 것이다. 어느 해 질 무렵 낙동강 하구언 갈대숲길에서였다. 가축을 키우다 버려둔 헛간을 보고 그는 "결혼해서 이런 집에서 살 수 있나."라고 물었다. 미쳐있는 사람이 무슨 말인들 못할까. 앞뒤 생각하지도 않고 그럴 수 있다고 대답했다. 그 물음 속엔 가난과 책임이 함께 스며있었다.

그 대답이 미친 짓인 줄 깨닫고 제정신으로 돌아왔을 땐 이미 늦어 버렸다. 애가 셋이나 태어난 뒤였다. 나무꾼의 아내처럼 날개옷 같은 것도 없었다. 힘든 시기였지만 지금은 웃어넘길 수 있는 그리운 시절이다. 아무런 생각 없이 미칠 수 있었던 순수했던 시절이기 때문이리라.

삼십 대 때였다. 아이들 초등학교 학부모 모임에서 만난 엄마들에게서 점 오십 원짜리 고스톱을 배우기 시작했다. 시간 가는 줄도 모르고 그 재미에 푹 빠졌다. 오죽하면 어떤 이는 밥 할 때도 밥솥 위로 새 다섯 마리가 날아다닌다고 했다. 노름에 미치는 초기단계라고나 할까.

그즈음 자전거도 배우게 되었다. 시골이라 장에 갈 때

버스를 기다리는 시간이 아까웠다. 하지만 자전거 배우는 일도 만만치는 않았다. 무릎은 시퍼렇게 멍이 들고 높은 언덕 위에서 다이빙을 할 뻔도 했다. 기다릴 필요 없이 마음만 먹으면 오고 갈수 있는 전용 자전거에다 고스톱까지 합을 이루니 갑절로 미칠 수밖에 없었다.

시간개념까지도 사라져 가고 있었다. 꼬리가 길면 잡힌다더니 결국 올 것이 왔다. 해가 긴 사월이었지만 화투에 정신을 빼앗겨 저녁 지을 시간을 훌쩍 넘기고도 몰랐다. 애들 배고픈 것도 문제지만 거래처 갔던 남편이 먼저 귀가 했을 일이 더 걱정스러웠다. 미친 듯이 페달을 밟아 동네어귀로 들어섰다. 아니나 다를까 버스 정유소에서 머리끝까지 화가 난 남편이 눈에 불을 켜고 기다리고 있었다. 무조건 잘못했다고 비는 수밖에 도리가 없었다.

때론 미치지 않아도 될 것에 미치기도 한다. 어딘가에 빠지면 헤어 나오지 못하는 것은 야무지지 못한 성격 탓이기도 하다.

애들이 크고 시간 여유가 조금은 생겼을 때였다. 이번엔 그래도 조금 고상한 것에 미치지 않았나 싶다. 식물에 미치기 시작한 것이다. 관음죽, 문주란, 행운목을 위시해서 덴파레, 신비디움, 호접란, 카틀레아 등 키우지 않은 화초가 없을 정도이다. 대흥사계, 소심, 춘란, 풍란에 이어 몇 년 전부턴 야생화에다 수생식물까지 키운다.

식물들도 저희들을 미치도록 좋아하는 것을 눈치 챈 모양이다. 다른 사람 손에서는 시들시들 죽어가던 것도 우리 집에 오면 대부분 소생한다. 정성 쏟는 만큼 기대를 저버리지 않는 것이 식물이다. 식물은 배신하지 않는다.

정도의 차이는 있겠지만 여자에게는 미치고 싶도록 사랑하는 남자가 일생에 세 명이 있다. 그 첫 번째가 아버지였고, 두 번째가 남편이고, 세 번째가 아들이다. 그 중에서 제일 지독한 짝사랑은 아들일 것이다.

이도 저도 아닌, 이젠 정말로 미치고 싶은 대상을 만났다. 밤을 새우며 접근해 보아도 잡힐 듯 잡힐 듯 달아난다. 그건 바로 수필 쓰기다. 좋은 글을 얻기 위해서라면 영혼이라도 바꾸고 싶은 절실한 마음이 든다.

'불광불급 不狂不及' '미쳐야 미친다' 는 책을 읽는다. 무언가에 미쳤기 때문에 성취할 수 있었던 옛사람들의 자취가 기록되어 있다. 재주가 모자라도 살을 깎고 피를 말리는 노력이 이루어낸 결과다. 제대로 미치는 것이다.

이 또한 쉽지 않은 일이다. 부족한 사람은 있어도 부족한 재능은 없다고 했던 책 속의 글귀에서 위로를 받는다.

장미 가시의 변

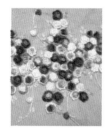

누렇게 잎이 말라버린 장미가지를 뚝뚝 꺾어 쓰레기봉
투에 넣었다. 장미는 쓰레기가 아니라고 항변하듯 기다
란 가지를 뻗친 채 가시로 구멍을 냈다. 하는 수 없이 전
지가위로 숭덩숭덩 잘라 억지로 우겨 넣었다. 화무십일
홍인 것을 무에 그리 애가 닳아 미련을 버리지 못하는
가. 혼잣말로 구시렁거리며 찢어진 봉투에다 테이프를
에둘렀다.

버리기에 애매한 꽃은 빈 화병에 다시 꽂아 거실에 두
었다. 시들다 만 꽃봉오리가 얼마나 갈까 싶어 별 관심
을 두지 않았다. 티브이를 보다 어느새 저 혼자 핀 장미

꽃에 눈길이 머물렀다. 이래도 날 보지 않겠느냐는 표정으로 붉은 입술을 뒤집은 듯 요염하게 바라보았다. 새삼 대견해 보였다.

화려한 장미꽃보다도 들꽃을 더 좋아한다. 특히 쑥부쟁이 꽃이 참 좋다. 어느 시인의 시처럼 사랑하지 않으면 보이지 않는 꽃이 쑥부쟁이 꽃이다. 바람 부는 가을 언덕에 무더기로 핀 쑥부쟁이 꽃은 환상의 요정이다. 하지만 쑥부쟁이 꽃보다 더 좋아하는 꽃은 쑥꽃이다. 초봄, 산과 들에 가장 먼저 움돋는 식물이다. 예전에는 흉년이 든 다음해 봄은 가장 어려운 계절이었다. 보릿고개 시절, 민초들의 목숨을 구한 건 다름 아닌 쑥과 들판에 있는 냉이 달래 같은 독성 없는 나물들이다.

목숨 줄이나 다름없던 쌀뒤주에 쌀이 몇 됫박이라도 남아 있으면 다행이다. 보릿고개를 넘겨야 하기에 손을 바들거리며 쌀 한 줌을 넣고 쌀보다 나물이나 쑥을 더 많이 넣었다. 나물죽으로 연명을 하며 모진 시간을 보내곤 했다. 얼마나 배가 고팠으면 무더기로 핀 흰꽃을 이팝꽃이라 이름 지었을까 싶다.

우리 집에서는 꽃이 잘 핀다. 꽃뿐만이 아니다. 열대어 구피도 잘 자란다. 정성을 기울인 덕분이기도 하겠지만 조건 없는 사랑 때문인 것 같다. 구피는 알이 아닌 새끼를 낳는다. 올여름엔 분양을 하지 못했더니 도자기 속에 구피가 백여 마리도 넘게 번식했다. 키운 지 십 년도 넘어 방생하는 셈 치고, 지인들에게 대부분 분양해왔었다. 정성을 다하니 풍족해지고, 나누는 인심도 베푸니 이 얼마나 좋은 일인가. 저 아이들도 속히 분양을 해야겠다.

장미 문양이 그려진 가방을 즐겨 든다. 쑥꽃이나 쑥부쟁이 문양을 그려놓은 가방은 구하기 힘들어 장미 가방으로 대리만족을 한다. 문득 에코백에 쑥꽃이나 쑥부쟁이 문양을 십자수로 새겨볼까 슬쩍 욕심이 생긴다.

어릴 적 나는 아무도 보아 주는 이 없는 쑥꽃과 같았다. 자매가 없었기에 더더욱 혼자였다. 남자 형제들은 자기네들끼리의 놀이에 열중하였다. 누나들이 많은 남자 아이들은 소꿉놀이와 인형놀이에 더 익숙하다. 남자 형제들과 같이 자라면 남자아이들 놀이를 하며 자란다고 한다. 그런 주제도 없었던지 언제나 혼자였다.

그때부터 혼자 노는 법을 배운 것 같다. 수놓기, 바느질, 책읽기, 글쓰기도 했다. 이 모든 것들은 혼자서도 할 수 있는 일이다. 혼자 산길을 걷는다. 융단이 깔린 듯 발바닥이 푹신했다. 바람결 따라 후두두둑 소리가 난다. 낙엽이 무리지어 떨어지며 내는 소리다. 외로워 말라고 내 발 앞에다 계속 갈색 융단을 펼쳐 놓는다.

　나무 밑동에 수북이 깔린 낙엽은 이듬해 태어날 새싹을 위한 것일 테다. 뿌리를 감싸 안아 겨울을 무사히 보내야 새순도 돋을 것이다. 찬바람과 눈보라에 간혹 곁가지가 얼지언정 어린 새싹을 위한 정성이 갸륵하다.

　티브이로 다시 눈길을 돌리는 내게 장미꽃이 말을 거는 것 같다. 가시 돋친 얼굴로 쓰레기에 넣지 말라고 은근히 협박을 하는 듯싶다.

화火

　사소한 일로 화를 내며 심기가 불편한 채로 출근을 한 남편이 아무렇지도 않은 듯이 금세 전화를 한다. 어쩌면 저렇게 속도 없이 금방 풀어질 수가 있는지 신기하기도 하다. 성질이 급한 편인 나는 사소한 일로도 열을 잘 받는다. 양은냄비 같다. 무쇠솥은 되지 못하더라도 뚝배기라도 되어야 할 텐데, 조금만 부딪쳐도 찌그러지는 양은냄비처럼 상처도 잘 받는다.

　화火란 무엇인가. 사전을 찾아보았다. 화기火氣의 준말. 화요일의 준말. 오행의 하나. 방위로는 남쪽. 계절로는 여름, 빛깔은 붉은 빛에 해당됨. 몹시 언짢거나 못마땅

하여 나는 성이라 풀이되어 있었다. 화를 내게 되면 온몸이 열이 나는 듯하니 맞는 말이기는 하다. 남쪽은 우리 민족이 가장 좋아하는 방위다. 겨울에는 따뜻하고 여름에는 시원하니 사람들뿐만 아니라 식물들도 좋아하는 방위다. 그러나 화의 방위가 남쪽이라는 것은 의외다. 따뜻한 것과 일맥상통하니 이해가 가기는 하지만.

언젠가 북한에서 가족을 데리고 귀순한 가장이 따뜻한 남쪽나라를 찾아 왔다고 했다. 흥부 집에 박씨를 물어다 준 제비도 따뜻한 남쪽나라에서 겨울을 보내고 다시 돌아왔다. 이젠 봄이 와도 강남 간 제비는 돌아오지 않는다. 돌아오지 않는 것이 아니라 돌아오지 못하는 것일 게다. 사람들이 오염시켜 놓은 환경 탓에 제비뿐만이 아닌 사람들도 돌아오지 못하는 날이 오고 있는 것 같아 걱정스럽다.

이름도 생소한 희귀병을 가진 어린아이들이 날이 갈수록 늘어나고 있다. 자연自然이 화를 내고 있는 까닭인 것만 같다. 자연이 화를 내면 사람들은 속수무책이 된다. 몇 년 전 동남아에 쓰나미가 올 때 원주민과 동물들은 피해를 당하지 않았다. 그들은 자연인으로 남아 자연의 순리를 거부하지 않았기 때문이다. 문명의 혜택을 많이 받은 사람일수록 큰 화를 당한다.

화火가 심중에 붙게 될까 두렵다. 전쟁 중 매복해 있는 적병이 더 두렵듯이 눈에 보이는 불보다 보이지 않는 불이 더 무섭다. 우울증과 말 못할 마음의 불이 그것이다. 오래 방치하면 치명적인 병이 될 수도 있다.

화를 내면 온몸에 화기가 퍼지는 것 같다. 도가 넘치면 끝내 눈물이 난다. 눈물은 몸에 있는 소화기와도 같다. 실컷 흘리고 나면 어느 정도 화가 가라앉는다. 마음의 불도 물로써 꺼야 제대로 끌 수 있는 것 같다.

습관적으로 화를 내는 것은 몸도 마음도 병들게 한다. 화가 많은 사람이 암에 걸릴 확률이 높다고도 한다. 암은 화로 인한 몸의 반란이 아닐까. 화난 얼굴은 벌레가 스멀스멀 기는 듯하다. 구충제를 먹어 몸속의 회충을 없애듯 화도 수시로 다스려야 건강할 것 같다.

티브이에서 자연을 다룬 프로를 보면 동물들도 때론 화를 낸다. 하지만 동물들이 내는 화는 생존경쟁의 한 방편일 뿐이다. 영역 다툼을 한다든지 부족한 먹이를 빼앗으려 할 때다. 실컷 먹고 나면 다른 동물에게 자리를 비켜준다. 시간이 지나 다시 배가 고파지면 또 다른 먹이를 찾을 뿐이다. 욕심으로 인해 화를 내고 내가 그 화에 당하는 동물은 사람뿐일 것이다.

아무리 언짢은 일이 있어도 화로서 풀지는 말아야겠
다. 웃음이 웃음을 부르듯 화가 화를 부른다. 참을 인忍
을 세 번 생각하고 화를 면했다는 옛 이야기도 있다. 마
음을 다스릴 수 있다면 화도 멀어질 수 있겠다는 생각이
든다. 마음 밭에 참을 인이라는 화초를 심어 정성을 다
해 키운다면 화가 발붙일 곳이 없지 않을까.

붉은 장미가 불타듯이 화르륵 피었다가 추한 몰골로
지는 것처럼 화를 낸 뒷모습도 그런 듯싶다.

오늘 하루만이라도 화에게 접근금지 명령을 내려 볼
참이다.

길을 찾아서

　전화기가 울린다. 스크린에 찍힌 발신자 이름을 보았다. 둘째 남동생이다. 평소 전화를 잘 하지 않던 터라 불길한 예감에 황급히 받았다. 팔십 넘은 엄마께서 우리 집을 찾아오다 길을 잃어 경찰서에 있다는 것이다. 챙기지 못한 죄송함과 놀람으로 손이 떨렸다.

　얼마 전 친척 결혼식을 마치고 늦은 시간에 들렀더니 하루가 다르게 변해가는 엄마 모습에 가슴이 아팠다. 엄마는 젊어서는 못하는 것이 없을 정도로 솜씨가 좋았다. 음식이면 음식, 바느질이면 바느질, 엄한 외할아버지 몰래 야학에서 배운 글로 소설책도 여러 권 필사하고, 동네 사람들의 사돈제와 제문을 써주기도 했다.

지금은 사라지고 없지만 자녀 혼인을 시키고 난 뒤 사돈끼리 편지를 써서 음식과 함께 주고받는 아름다운 풍습이 있었다. 자식을 나누어 가진 사람들이니 온갖 정성과 격식을 갖추어 보냈다. 글을 모르는 사람들은 동네사람 중에서 잘 쓰는 사람에게 부탁하기도 했다.

제문은 친구라든가 친척이 생전 망자의 인품과 덕망을 칭송하고 애도하며 읽었던 글이다. 초상집에 모인 사람들이 공감하여 눈물을 많이 흘리면 잘 쓴 제문이라고 칭찬을 들었다. 결혼한 지 얼마 되지 않아 시이모님이 돌아가셔서 사위의 부탁으로 제문을 썼다. 그것이 엄마가 쓴 마지막 글이다. 첫 구절의 시작은 언제나 '오호 통재라'로 시작된다. 그런 풍습이 번거롭긴 해도 전통적으로 남아 조상들이 가졌던 애도의 문화가 전해졌으면 싶은 마음이다.

지금은 딸네 집도 제대로 찾아올 수 없는 지경이 되었다. 그나마 경찰서로 찾아갈 수 있었던 건 젊은 시절의 총기가 잠재되어 있는 덕분이 아닐까. 팔십 넘어서는 집에 누워있는 사람이나 산에 누워있는 사람이나 마찬가지라는 말도 있다. 오호 통재라, 결국 사람들이 마지막 가야할 곳은 죽음이란 공통된 길이다.

　막내 동생이 다섯 살 때다. 부산에 이사 온 지 일 년쯤 되었을 때 일이다. 동생이 사라졌다. 그때의 아버지의 화난 모습은 평생 잊을 수가 없다. 얼마나 무서웠던지 우리 형제들은 밤늦도록 동생 이름을 부르며 찾아 다녔다. 사흘 밤을 보내도 찾을 수가 없었다. 엄마는 목이 쉬어 이름조차 부르지 못하고, 실성한 사람 모양 골목을 휘젓고 다녔다.

　사흘 밤이 악몽처럼 지나갔다. 형제들은 동생 찾을 일도 아득하지만 어떻게 하면 아버지와 마주치지 않을지 궁리하기 바빴다. 아버지는 좀 더 먼 곳으로 동생을 찾아 나섰다. 수정동 고개 마루였다. 지금은 산복도로가 되어 차도로 넓혀졌지만 그때는 리어커 정도나 다닐 수 있는 길이었다. 아버지는 고갯마루에서 누군가에게 동생의 행색을 설명하고 있었다. 그때 어디선가 "아버지!" 소리치며 달려와 다리를 틀어 안는 것이 아닌가. 동생이 아버지를 먼저 발견했다. 동생은 사흘 밤낮 동안 아버지를 찾기 위해 길 위를 헤매고 다녔던 것이다. 그 뒤로 막내는 집에서 가장 귀한 대접을 받게 되었다. 어디서 그런 힘과 용기가 났을까. 포기하지 않고 끝까지 찾아다닌 어린 동생이 지금 생각해도 고맙고 기특하다.

그러던 막내가 지금은 형제들과 왕래가 없이 살고 있다. 그 나름대로의 이유는 있을 것이다. 그러나 어릴 적 아버지를 찾듯 잠시 잃어버린 길을 다시 찾아 왔으면 좋겠다. 너무 멀리 가지 말았으면 하는 바람뿐이다.

사람은 태어나면서부터 길 찾기가 시작되는 것 같다. 어릴 땐 부모님이 선택한 길로 가면 되지만, 사리분별할 나이가 되면 자신의 길 찾기가 시작된다. 때론 수렁에 빠지기도 한다. 아둔한 사람은 늦은 나이에 자신의 길목과 만나기도 하고, 영영 만나지 못하고 일생을 마감 짓는 사람도 있을 것이다. 늘 제 길을 잘 찾아가는 사람이 되고 싶다.

살아간다는 것도 끊임없는 길 찾기인 것 같다. 어제는 어제의 길이 있었고 오늘은 오늘의 길을 찾아야 하고 내일은 또 다른 내일의 길이 있다. 자신의 길을 제대로 찾았는가에 따라 삶의 기준을 판단해야 하는 것이 아닐까. 내가 가야할 길은 어디인가. 모르긴 하지만 순리대로 사는 것이 바른 길 찾기일 것이다.

또 다른 내 안의 길을 찾고 있다. 젊은 날부터 소망해 왔던 길이지만 어렵고 험난할 것이다. 시작이 늦었기에 더 더딘 길이다. 그래도 한 발 두 발 가다보면 지나온 길을 되돌아 볼 수 있는 여유를 부릴 날이 오지 않을까.

반짝이던 젊은 날은 속절없이 바람처럼 지나고 잠 못 이루는 밤, 삶의 새로운 인식은 미로처럼 아득하다. 언젠가는 캄캄한 미로에 작은 반딧불이라도 날아와 길을 밝혀줄 것을 꿈꾸어 본다.

흔적

갓 결혼한 아들이 엄마 때문에 처갓집 식구들과의 약
속을 어겼다는 말은 듣고 싶지 않았다. 알아서 갈 테니
적당한 곳에 내려달라고 하여 차에서 내렸다.

막상 낯선 거리에 홀로 서있자니 울컥 설움이 밀려 왔
다. 늦가을 바람 따라 떨어지는 낙엽도 유난히 스산했
다. 가버린 아들의 뒷모습처럼 낙엽마저 바람 좇아 미련
없이 흩어져 버린다.

이 묘한 감정은 시어머니께서도 살아생전 많이 느끼셨
겠지 싶었다. 어쩌면 모든 어머니들의 숙명이 아닐까.

한참을 기다려 택시를 탔다. 십일월의 역사驛舍는 빈 가

습처럼 휑했다. 이별하는 곳은 지붕이 높다고 했던가. 지하로 내려가는 것이 영 내키지 않았다. 비어있다는 건 채우기 위함이라는데 이별할 사람도 없건만 공연히 높은 지붕에 온 신경이 쏠렸다.

빈 의자에 앉아 '비어있음'에 대한 의미를 생각해 본다. '비어있다'는 글자의 [ㅂ]은 무언가 담을 수 있는 형상이다. '차있다'에서 [ㅊ]은 아무것도 담을 수 없는 형상이다. 글자 모양으로도 의미를 찾을 수 있다는 게 새삼 신기했다. 무엇이든 욕심 부리고 채우지 못해 안달하며 산 것 같다. 무소유의 삶을 살아가는 수녀님이나 스님들의 얼굴이 세상사에 찌든 우리보다 훨씬 평온한 얼굴이 아니던가. 욕심 없는 내면에서만 나올 수 있는 자비로운 얼굴일 것이다. 혼자 있는 것도 비어있는 것이라 생각하니 조금은 위안이 되었다.

출발 시간이 임박해서 표를 샀더니 역방향 좌석이었다. 오래전에 역방향에 앉았다 된통 멀미를 한 적이 있다. 거래처 차에 동승해 별생각 없이 마주보는 자리에 앉은 것이 화근이었다. 가는 내내 속이 울렁거리고 어지러워 역방향 신고식을 혹독하게 치렀다. 그때 생각하니 더욱 힘이 빠졌다.

차창으로 보이는 건 먼 곳의 불빛뿐이다. 좌석에 앉아 가리개를 내리고 눈을 감았다. 그런 내 마음을 알아채기라도 하듯 고속열차는 말없이 달린다. 가끔 나도 모르는 새 내 삶이 역방향으로 가지는 않았는지, 방향 전환을 빨리 하여 어지럽기 전에 대처할 수 있는 능력을 가질 수 있다면 좋겠다.

옆 좌석에 앉은 젊은 남자는 시종 영어원서를 읽고 있었다. 대전역 쯤 지나서 햄버거와 콜라를 먹기 시작했다. 빈말이라도 먹어보란 소리가 없다. 예전엔 기차타고 가다보면 우리만 먹기 미안해 옆자리 사람에게도 음식을 권하고 나눠주기도 했는데, 참 야박한 시대가 됐다. 온정보단 지식의 습득과 발전에만 열을 올린 듯해 씁쓸하다. 우리가 언제부터 서구의 개인주의를 지향하며 살았나 싶기도 했다.

나도 넣어온 밀감 하나와 떡 봉지를 혼자서 먹기 시작했다. 과일이 목에 걸리는 듯했다. 억지로 우걱우걱 삼켰다. 그 젊은 남자는 읽던 책을 접고, 자는 건지 잠자는 시늉을 하는 건지 지그시 눈을 감았다. 나도 속물이기는 마찬가지란 생각이 들었다.

오물은 옆에 두고 밥을 먹어도, 사람은 옆에 두고 못

먹는다는 옛말이 무색한 그런 시대가 돼버렸다. 우리정서가 개인주의로 빠르게 변화하는 게 안타깝다.

그런 저런 일에 아랑곳없이 기차는 달려 부산역에 도착했다. 출구 앞에서 두리번거리는 남편을 본 순간 모든 서글픔이 순식간에 달아났다. 품안에 자식이라더니 멀리 있는 아이들은 둥지 떠난 새와 같다. 서로에게 끝까지 위안이 될 사람은 남편뿐이라는 생각이 들었다. 그래서 부부는 서로를 반쪽이라고 하는가 보다.

아무리 사랑스러워도 자식은 영원한 짝사랑인 것을, 세상을 살다간 흔적인 것을.

백마와 이별하다

아파트 앞에 견인차가 기다리고 있다. 금세 후회가 되었다. 직접 운전해서 마지막 길을 동행해 주었더라면 좋았을 것을.

십이 년 동안 어디든지 함께 했던 애마와의 이별은 생각보다 힘들었다. 앞바퀴를 견인차에 매달자 몸을 부르르 떨었다. 운행에는 아무 지장이 없는데 조기 폐차를 하는 것이 최선의 방법인지 의문이 들었다. 노후 차량이라 환경보호 차원에서 폐차가 불가피하다는 구실을 대지만, 아직 더 쓸 만한 것을 저리 보내야 하나 허망하기까지 했다.

새 차를 가져 오고 나서도 남편은 두 달여 동안 헌 차를 몰고 다녔었다. 오래 입은 옷처럼 편안하고 안정감을 느낄 수 있기 때문이리라. 만만하기도 했을 것이다. 익숙한 것은 쉽게 버리지 못하는 것 같다.

몇 년 전 지인과 안개가 자욱하던 산길을 굽이굽이 돌아 장작가마도예를 찾았다. 마당에 떨어지는 낙숫물 소리가 찻물 끓이는 소리와 어우러져 이곳이 바로 무릉도원이 아닐까 싶은 생각마저 들었다. 다기에서 우려지는 찻물이 빗물인지 찻물인지 모를 그윽한 차를 마시며 시간도 잊어버린 채 신선놀음을 했다. 그 후 지인의 수필에서 내 차는 백마로 명명되는 호사를 누리며 지면을 차지했다.

차를 보내기 한 달 전 마지막 서울 여행이었다. 너의 발이 아프다는 걸 아무도 눈치 채지 못했다. 서울서 돌아오는 길에 결국 버티지 못하고 타이어가 산산조각으로 찢어졌지. 천우신조天佑神助 라 믿고 싶을 뿐이야. 차 안에 타고 있던 세 사람 손끝 하나 다치지 않게 한 너의 기지가 정말 고맙다.

막내딸의 서울 부산 간 이삿짐도 백마의 몫이었다. 뒷좌석을 세워 밀어버리면 오백 킬로그램 중량의 짐을 실을 수 있는 공간이 생긴다. 장롱만 아니면 어지간한 것들은 실을 수 있었다. 이삿짐을 한달음에 실어 군소리 없이 옮겨 주었다.

끌려가는 네 뒷모습에 마음이 먹먹해져 온다. 사람이든 사물이든 이별은 언제나 가슴에 비를 내린다. 그 마음을 아는지 하늘도 세찬 비를 뿌린다.

그 누구라도 이별은 피할 수 없는 숙명이라는 걸 너도 알겠지. 너와는 이번으로 끝나지만 사람들은 끊임없이 이별하며 살아간다. 낳아주신 부모는 물론 형제와의 이별도 피할 수 없는 일이다. 내 목숨보다 소중히 여기던 자식과도 언젠가는 헤어져야만 한다.

이제 너의 성한 장기는 분리되어 제 몫을 하겠지. 너는 죽어서도 쓸모가 있구나. 다시 만날 수는 없겠지만 잊지 않으마. 우리 집 비밀 번호의 한 부분이 네 번호로 입력되어 있으니 너와의 동거는 계속될 것이다.

부디 잘 가거라.

조각보

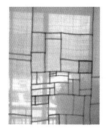

요즘 들어 옛것에 관심이 많아진다. 한 땀 한 땀 수놓은 수예품이라든지 헤지고 태워먹은 삼베 밥 수건 같은 것도 도무지 버릴 수가 없다. 잊어버릴 만할 때면 한번쯤 쓰이기도 하는 오래된 물건들에 더 정이 간다. 젊어서는 관심조차 없던 물건이 새롭게 보이는 것이다. 나 자신도 옛날 사람이 되어 간다는 징조 같다.

조각보는 재활용품이 예술로 승화된 경우다. 가방이 없었던 시절에 보자기는 무언가를 보관하거나 옮길 때 요긴하게 쓰이던 포장 도구이기도 했다. 실생활의 일부였던 것이 후세에 대접받는 귀한 존재가 된 것이다.

우리네 어머니들은 천 조각 하나라도 버리지 않고 모아 뒀다가 긴요하게 쓰는 지혜를 지녔다. 자투리 조각들을 일일이 손으로 이어 붙여 밥상보도 만들고 보자기도 만들어 썼다. 전문 지식이라곤 접할 기회조차 없었지만 이리저리 마구 꿰맨 것이 아닌 나름대로의 철학과 예술성도 있어 보인다.

희미한 호롱불 밑에서 설움처럼 버려진 천 조각들을 모아 한숨 한 땀, 그리움 한 땀, 가슴을 열어 내면內面을 새겨 넣었을 것이다. 시앗 보러 간 서방님을 기다리며 아픈 가슴일랑 된장 퍼낸 자리 누르듯 꾹꾹 눌렀다. 동짓달 기나긴 밤엔 부엉이 소리에도 흩어진 가슴을 쓸어안고 나뭇잎 떨어지는 소리에도 호롱불 심지를 돋우었다. 그 모든 인내와 고초가 승화되어 조각보로 태어났을 것이다. 조각보는 여인들의 인내와 애환을 모다 알고 있을 것이다.

지인들과 주천 문화원 조각보 박물관엘 갔다. 우주를 삼키는 인내가 필요하다는 조각보의 한 땀씩 이어진 정교한 바느질은 사람의 손이 아닌 기계로는 불가능한 일이었다. 옛것을 소중히 여기고 개발하는 정신이야 말로 본받아야 할 일이다. 우리의 전통적인 것 중 얼마나 많은 것이 사장死藏되었는지 모를 일이다. 그걸 보며 잠시 외람되게도 열심히 배우면 할 수 있겠다는 자신감이 들었다. 그 생각은 그들에 대한 애정이 각별한 탓에 드는 생각일 것이다.

박물관 옆에서는 '자수 조각보 2인 전'이란 전시회가 열리고 있었다. 모녀 장인의 모시조각보와 자수조각보를 보았다. 섬세하고 정교하게 수놓은 작품은 영혼을 울리는 듯한 느낌을 받았다. 초충도는 우리네 밥상에 빠지지 않는 가지와 오이를 그린 평범한 것들이다. 메뚜기와 잠자리, 들쥐 등 어릴 적 주위에 흔히 보이던 평범한 소재의 수가 놓인 병풍그림이다.

문득 시골 마당 귀퉁이에 서있는 것 같았다. 할머니께서는 생가지를 먹으면 부스럼이 난다고 하셨다. 몰래 조그맣고 여린 가지를 따 먹을 때는 아릿한 가지향이 입안 가득했다. 가지가 수놓인 병풍을 보니 그때의 향이 나는 듯 침이 고였다. 가지나무 옆에 얌전히 내쳐 앉아 열려있는 꽈리열매에서는 꽈리 부는 소리가 나는 듯 했다.

초충도를 보며 신사임당을 떠올린다. 현모양처의 귀감이기도 한 그는 여인들은 이름조차 불리지 않던 시절에 살았다. 하지만 아버지의 후원에 힘입어 일곱 살 때부터

안견의 화법을 배웠다. 산수와 포도를 그리고 초충도 등 여러 그림을 그렸다. 작은 풀벌레와 텃밭에 열린 오이 하나라도 예사로이 보는 법이 없었던 까닭일 것이다. 그림 속에는 메뚜기의 더듬이 촉수까지도 묘사 되어 있다. 사물을 사랑하는 마음이 전달되어진다. 필법에도 능하였다고 하니 그가 그린 병풍이나 족자를 꼭 한번 보고 싶은 마음이 간절하다.

삼라만상에 조각보 아닌 것이 어디 있으랴. 만물의 영장이라는 사람도 눈으로는 볼 수 없는 현미경으로만 보이는 정자라는 조각과 난자라는 조각이 만나 이루어진 하나의 조각보다.

요즘 소위 돈 잘 버는 직업이 성형외과 의사와 치과 의사라고들 한다. 어쩌면 사람의 얼굴을 조각하는 직업이라 해도 터무니없는 말은 아니지 싶다. 미술가들이 화폭에다 혹은 오브제로 작품을 만든다면 그들은 사람이 대상인 셈이다. 어떤 의미에선 그들도 예술가라면 예술가란 생각이 든다.

옹기종기 포개 놓은 찻잔 위를 조각보로 덮어놨다. 찻잔은 조각보에게 무슨 할 말이 그리 많은지 챙챙 소리 내며 끊임없이 말을 걸어온다. 그에 질세라 조각보도 턱을 주억거리며 맞장구를 친다. 도자기 찻잔은 하늘에서 떨어지던 유성의 모습과 비바람 치던 고향 이야기에 신이 난 것 같다. 조각보는 은밀한 내방內房의 이야기도 기억하고 있을 것이다.

도자기 찻잔과 조각보의 이야기에 귀 기울여 본다. 조각보에서 풀벌레 우는 소리가 들린다.

제3부

있는 듯 없는 듯

작은 공원 한 구석에 서있던 매화나무에 꽃이 피었습니다. 눈여겨보지 않으면 무슨 나무인지 모르고 지나칩니다. 얼음이 채 녹지 않았지만 매화꽃에 놀란 겨울은 서둘러 떠날 채비를 합니다.

있는 듯 없는 듯 어디서든 그런 사람이고 싶었습니다. 곁에 있을 때는 몰랐지만 떠나고 난 뒤엔 아쉽고 생각나는 소금 같은 사람이고 싶습니다. 엉겁결에 맡게 된 중책에 음식이 무슨 맛인지조차 몰랐습니다. 어떤 말을 해야 할지 혼란스러웠습니다.

외동딸로 자란 탓인지 부끄럼을 많이 탔습니다. 항상

엄마 치마폭에 숨어 다녔습니다. 어디든 혼자 나설 엄두조차 내질 못했습니다. 이젠 엄마 치마폭도 곁에 없습니다. 어른이 되었고 나이가 들었지만 여러 사람 앞에 나서야 하다니 생각만으로도 마음 떨리는 일입니다.

약수터를 지나 금정산 능선을 올랐습니다. 자주 가던 전망 좋은 넓은 바위에 앉았습니다. 흐릿한 안개 너머 낙동강이 다가옵니다. 멈춘 듯 여전히 강물은 흐릅니다. 내 유년이 정중동 흘러갑니다. 바위 틈새에 자리 잡은 소나무는 변함없이 푸릅니다. 영하 십여 도가 넘는 추위 속에서도 조금 자란 것 같습니다. 소나무를 보니 내 안에 용기가 생깁니다.

있는 듯 없는 듯 바위와 한 몸이 됩니다. 이른 시각이라 인적조차 없습니다. 구름 틈새로 한 줄기 햇살이 내려와 바위를 쓰다듬어 줍니다. 햇살에게 말을 걸어 봅니다. 꼭 있어야 될 사람의 덕목을 묻습니다. 문득 생각합니다. 겨울 햇살 같은 사람이면 좋겠다는 것을. 이른 아침부터 햇살은 부지런하기도 합니다. 나뭇가지 사이사이 골고루 나눠 주고 있습니다.

있는 듯 없는 듯한 작은 풀씨 하나라도 빠뜨리지 않으려 고심하고 있습니다. 각시 붓꽃, 노루귀, 남산 제비꽃,

은방울꽃 등은 땅바닥에 붙어 꽃을 피웁니다. 작은 애들은 키가 큰 나무 잎사귀가 넓어지기 전에 꽃을 피워야 하는 것을 본능적으로 알기 때문이죠. 나도 그런 햇살 같은 사람이 되어야만 할 것 같습니다.

흐린 날에는 햇살도 편히 쉴 수 있어 마음이 느긋해집니다. 사람에게는 비타민D를 만들어 주고 식물들에게는 탄소 동화 작용을 도와줍니다. 살아 있는 모두에게 도움을 주지만 때로는 휴식도 필요한 일입니다. 비 오는 날에는 비에게 맡겨 두고 마음 놓고 여가를 즐겼으면 좋겠습니다.

아직은 어디에도 봄은 보이지 않고 숨바꼭질이라도 하는 듯 숨어 있습니다. 진달래 나뭇가지를 간질여 봅니다. 깊은 잠에 빠져 있는 듯 움직임이 없습니다. 어느 날 화들짝 놀라 늦잠에서 깨어날 것입니다.

봄을 기다리는 누군가가 땅 밑에다 군불을 지피나 봅니다. 땅 위로 김이 모락모락 올라옵니다. 군데군데 얼음이 녹아 신발 밑창에 진흙이 찰떡처럼 들러붙어 발걸음을 떼기가 성가십니다. 추위가 혹독할수록 봄을 기다립니다. 하지만 봄이 지난 후에 도사리고 있는 더운 여름이 있다는 것도 기억해야 할 일입니다.

있는 듯 없는 듯이 산다는 것은 어쩌면 이기적인 발상일지도 모릅니다. 심적으로나 물적으로 아무런 제재를 받지 않겠다는 꼼수일 수도 있습니다. 생각을 고쳐먹어야겠습니다.

딱따구리 한 마리가 죽은 나무 등걸을 쪼고 있습니다. 겨울잠을 자던 애벌레는 봄볕을 쬐기도 전에 새의 먹이가 됩니다. 누군가의 죽음이 누군가의 삶이 되는 것을 지켜봅니다. 삶과 죽음은 어쩌면 한 통속인지도 모릅니다. 애벌레는 동면冬眠동안 다른 세상의 꿈을 꾸었을 터이지요. 애벌레의 꿈이 새의 몸을 빌려 또 다른 세상으로 공간 이동을 합니다. 비록 다른 이의 먹이가 되었지만 애벌레는 딱따구리와 함께 비상飛上하게 됩니다.

이지측해以指測海*를 범하지는 말아야 하고 적자지심赤子之心* 으로 모든 일에 임하리라 다짐해 봅니다.

*이지측해 : 손가락으로 바다의 깊이를 재는, 자기 역량을 모르는 어리석음
*적자지심 : 세속에 물들지 않은 순결한, 갓난아이와 같은 마음.

아름다운 나눔

달력이 마지막 한 장만 남을 무렵이 되면 기차역이나 지하도에는 구세군의 자선냄비가 등장한다. 자선을 베푼 사람들의 왼쪽 옷깃에는 푸른 가지에 열매가 세 개 달려있는 빨간 꽃이 매달린다.

사회복지공동모금회에서 판매하는 세 개의 열매는 나와 가족과 이웃을, 빨간색은 따뜻한 마음을 의미한다. 초록색 줄기는 함께 더불어 사는 사회를 만들자는 약속의 의미를 담고 있다고 한다.

동창 가운데 사회복지사인 친구가 있다. 모임 때 만난 그는 고속도로 입구에서 사랑의 열매를 판매하는 일을 맡았다고 했다. 내게 그 역할을 부탁했다.

친구와 함께 고속도로 게이트로 갔다. 하이패스가 있는 게이트를 통과하는 차량은 속도를 약간 늦추는 듯 기세 좋게 달린다. 하지만 요금을 직접 지불하는 차량은 일단 정지를 한다. 그 사이에 운전자와 눈을 맞추며 공손히 절을 한다. 그리고 재빨리 빨간 열매를 내밀어 성금을 받는다. 그런 후 감사의 인사를 잊지 않는다.

태어나서 낯선 사람들에게 그렇게 인사를 많이 해보기는 처음이었다. 어색해서 얼굴이 홍당무가 되기도 했다. 백화점 입구에서나 할인마트 입구에서 고객을 안내하는 사람들 생각이 났다. 고객을 맞이하는 그 사람들의 고충과 심정을 조금이나마 이해할 수 있을 것 같았다.

뻔질거리며 윤기가 흐르는 고급 승용차를 탄 사람보다 트럭을 운전하는 사람들이 인심이 후한 것 같다. 천 원만 넣어 주어도 고마운 일인데 오천 원 드물게는 만 원권까지 넣고 가는 사람도 있다. 그것도 힘들게 트럭을 운전하는 사람들이다. 그들이 세상을 살만하게 만드는 원동력일 것이라며 친구와 함께 흐뭇해했다. 세상에는 생각보다 빛을 발하는 사람들이 많이 살고 있었다. 그들은 이 삭막한 세상을 따뜻하게 만드는 햇볕일 것이다.

처음의 부끄럽고 어색하던 생각이 차차 사라지고, 작은 일이지만 사회를 위해, 이웃을 위해 뭔가 도움이 된다고 생각하니 보람이 있었다.

문득 얼마 전에 티브이에서 본 오체투지의 모습이 떠올랐다. 나이 많은 두 사람은 수레를 끌고 젊은 두 사람은 티베트의 라사까지 육 개월에서 일 년 이상 걸리는 거리를 오체투지를 하며 순례하고 있었다. 온 몸을 땅바닥에 붙이고 몸으로 걷는 걸음이었다. 영혼이 맑은 사람이란 바로 그들을 두고 생겨난 단어가 아닐까. 그것도 자신의 안녕보다 모든 사람들의 행복과 안녕을 기원하기 위함이었다. 손발엔 물집이 생긴 뒤 굳어지고 땅에 닿은 이마는 부풀어 올라 혹이 생겼다. 고무 타이어로 만든 앞치마는 너무 많이 기워 이제는 기울 수조차 없게끔 헤져버렸다. 밤이 되어 낡고 좁은 천막 속에서 머리를 맞대고 잠든 그들의 얼굴은 세상 어느 누구보다도 편안해 보였다.

일상으로 돌아온 그들은 아무 일도 없었던 듯이 생활하고 있었다. 강가에 있는 모래는 강가에 있기에 자유로울 수 있다. 그들을 보며 어떻게 사는 것이 사람답게 사는 것인지 조금은 알 수 있을 것 같았다. 풍족한 물질과 차원 높은 교육만이 삶의 질을 높이고 사람답게 사는 것일까, 의구심이 들었다.

교만함을 버리고 가장 낮은 몸으로 예를 드리는 불교의 인사법이 오체투지라고 한다. 결코 쉬워 보이지 않는 인사법이다. 나로서는 엄두조차 나지 않는 어려운 일이다. 더 이상 낮아질 수 없는 그 인사법은 인간도 자연의 일부라고 강조하는 메시지를 담고 있다.

끊임없이 오체투지를 하는 물. 골짝에서는 산짐승들과 길섶의 풀들에게, 마을에서는 가축과 사람들에게 생명의 힘을 준다. 만물의 근본이 되고 힘이 되기 위해 흐를 뿐이다. 그러고도 남은 물은 낮은 곳으로 더 낮은 곳으로 흐르다 결국엔 서로를 감싸 안고 어울린다. 맑은 개울물이든 탁한 하수도 물이든 서로의 신분을 가리지 않는다. 누가 먼저랄 것도 없이 서로에게 젖어든다. 상선약수上善若水란 말에 새삼 머리를 숙인다.

IMF를 겪으면서 중산층이 사라지고 저소득층과 고소득층으로 나뉘어졌다고 사람들은 종종 이야기 한다. 부자와 가난한 사람으로 나누어져 버렸다는 말이기도 하다. 그만큼 가난한 사람들이 늘어났다는 뜻이다.

아주 작은 나눔일지라도 그것은 모두에게 따뜻함을 느

끼게 한다. 나눔은 사람을 사람답게 만든다. 마음이 풍요로운 사람이 더 행복해 질 수 있다는 생각을 세모에 들어 다시 깨닫게 된다.

　나눔의 진리를 깨닫게 한 사회복지사 친구가 새삼 고맙다.

제 5 병동

철커덕, 밖에서 철문 잠그는 소리가 들린다. "이쪽 문
으로는 다시 나오실 수가 없습니다." 문을 잠그기 전 간
호사가 하던 말이 귓가에 맴돈다. 누군가 열어 주기 전
에는 절대 밖으로 나갈 수가 없다. 중압감이 느껴졌다.

햇살도 명징하고 바람도 상쾌한 날이다. 하지만 여기
는 닫힌 철문처럼 마음을 닫은 사람들이 살고 있다. 무
거운 공기가 흘렀다. 한쪽 벽엔 그림이 걸려 있었다. 그
들이 그린 듯했다. 그림 속 얼굴들조차 방문객을 시종
경계하는 것 같았다.

풍경화도 보였다. 파도치는 바다, 아담한 시골집이 그

려져 있었다. 색종이도 괴기스럽게 붙여 놓았다. 그림 속엔 마음이 담겨져 있다고 한다. 멍들고 다친 마음도 함께 걸어 두었을 것이다. 걸음을 옮긴다. 복도가 울려 발자국 소리가 메아리처럼 되돌아온다. 그때 '시월의 어느 멋진 날'이란 노래가 울려 퍼졌다. 긴장이 조금은 풀어졌다.

이중으로 된 철창 밖으로 햇살이 비친다. 햇살이 밝아 더 슬프다. 카뮈가 쓴 '이방인'이란 소설 주인공 뫼르소는 햇살 때문에 살인을 했다고 했다. 그건 또 무슨 궤변인가 싶으면서도 이곳의 공기가 이방인처럼 느껴지는 건 어쩔 수가 없었다.

이층으로 올라갔다. 어머니 오케스트라 단원들의 연습이 한창이었다. 발소리가 어수선하게 들려왔다. 흰 가운을 입고 무전기를 든 건장한 남자들이 들어왔다. 그 뒤를 앳되고 아름다운 젊은 간호사들이 따라 들어왔다.

이윽고 환자들이 들어오기 시작했다. 선입견 때문인가 약간 움츠러들었다. 오히려 그들은 무심히 쳐다볼 뿐 별 관심이 없었다. 대부분 정상적으로 보였다. 가끔 대열을 벗어나는 환자에겐 간호사가 아이를 대하듯 달래고 얼렀다. 기껏해야 동생이나 딸 뻘밖에 안 되는 간호사인데도 고분고분 따랐다. 어린애처럼 천진해 보이기까지 했다. 벽면에 세워둔 돗자리를 깔아 질서 있게 앉는다. 그 나름의 질서와 규칙에 따라 적응해 온 듯 무척 자연스러워 보였다.

실상 그들은 세상과 철저히 단절된 채 살아간다. 무엇이 그들 마음에 쉬 낫지 않는 생채기를 만들었을까. 풀수 없는 일을 겪을 때마다 자신의 가슴에다 주먹질을 한 걸까. 겉으로는 저렇게 다들 평범해 보이는데 말이다.

어릴 적 시골 마을에는 노숙자 같은 여인네들이 더러 있었다. 옷을 겹겹이 에두르고 불룩한 보자기를 이고 진 젊은 여자들이었다. 어디서 와서 어디로 가는지도 모를 이들이었다. 짓궂은 머슴애들의 조롱거리가 되기도 했다. 그래도 인심이 박한 시절은 아니라 동네 사람들이 먹을 것을 챙겨주기도 했다. 어렵던 시절이 도리어 소외되고 단절된 사람에게 관심을 가졌던 것 같다.

연주가 시작 되었다. 산만하던 실내가 조용해졌다. 악기 소리가 청량한 바람 소리처럼 울렸다. 이들을 여기까지 오게 한 제각각의 사연들이 꼬리를 물고 춤을 춘다. 그들은 열심히 박수를 보냈다. 눈을 지그시 감고 음률을 타는 사람이 있는가 하면 그러다 잠이 드는 사람도 있었다.

보이지 않는 병은 보이지 않는 음악으로 치료해야 효과가 있지 않을까 싶다. 부디 작은 위안이 되어 다친 마음의 딱지가 떨어지길 기원해 본다. 위로받는 사람보다 위로하러 간 사람이 더 큰 마음의 위안을 얻는다. 새삼 일상적이고 평범한 것이 큰 축복임을 깨닫게 된다.

갯모밀

남향으로 나 있는 화단에 갯모밀을 심어 놓았다. 메밀꽃을 닮은 '개모밀덩굴'의 경상도식 이름이다. 어릴 적 개울가에나 봇도랑에 지천으로 깔려 있던 꽃 축에도 못 드는 야생화였다. 소꿉놀이 할 때 흰 알갱이 같은 꽃은 밥이 되어 그릇에 담겨지곤 했다.

화려한 꽃에 식상한 탓인지 사람들은 장미나 백합보다 야생화를 더 사랑한다. 몸과 마음이 허약한 도시인에겐 야생의 억척스러움이 더 절실한 까닭인지도 모른다. 보고 또 보아도 질리지 않는 야생의 매력 때문이기도 할 것이다.

소박한 향을 뿜어내며 사시사철 꽃을 피우는 갯모밀꽃

을 보니 학창시절 열악한 환경 속에서도 열심히 공부하던 친구들이 떠오른다. 일과 공부를 병행하면서도 열심히 살던 친구들이다. 힘들다는 말 자체가 사치라 여겼다. 함께 모여 어려운 시절을 이겨내던 그녀들이 들판에 오종종 피어있는 갯모밀꽃을 닮은 것 같다.

실내 환기를 위해 가끔씩 창문을 열어둔다. 그 틈을 타 바람결에 잽싸게 날아올라 씨앗을 틔우는 강인한 생명력, 흙이 없어도 이끼 위에 씨앗을 발아시켜 꽃을 피우는 집요함은 혀를 내두를 정도다. 동면하는 제비꽃 화분 위에서 분홍빛 얼굴로 아양 떠는 모습은 사랑스럽기 이를 데 없다.

메밀묵은 맛있는 토속음식이다. 허나 원래 메밀은 먹을 수 없는 곡식이었다고 한다. 모든 씨앗은 토실하니 탐스러운데 메밀은 쭉정이처럼 생겼다. 앙상한 뼈만 남은 손등과도 닮았다. 껍질을 벗겨도 알곡은 없다. 껍질 속에 눌러 붙어있는 얇은 막이 있을 뿐이다.

러시아가 소수민족을 박해하던 때, 한 민족들을 척박한 동토로 추방하였다. 그 당시 곡식이라곤 메밀씨앗이 전부였다. 고심 끝에 물에 불려 앙금을 가라앉혀 묵을 만들어 먹었다고 한다. 메밀꽃은 시골 장꾼들에게 밤길을 밝혀 주기도 했다. 흰 눈만이 백야白夜가 아니다. 메밀은 한 민족에겐 백야와도 같은 존재가 아니었을까.

그렇게 척박한 땅에서 살아남을 수 있었던 건 우리민족의 강인하고 끈질긴 생명력이 뒷받침 되었기에 가능했을 일이다. 유난히 침략과 공격을 많이 받았던 우리 민족이 살아갈 방법은 다름 아닌 그러한 인고와 적응력 덕분이었을 것이다. 열강에 떠밀려 고향을 등졌을 때에도 동토의 땅에서 메밀로 연명하며 엄동설한 갯모밀처럼 삶의 꽃을 피웠을 것이다.

집에 들어서면 베란다에 있는 갯모밀이 분홍빛 웃음으로 맞아준다. 추위와 싸우느라 녹색 잎이 붉게 변했다. 세상살이에 힘들어 하는 내게 긴 꽃대를 내밀며 귀엣말로 속삭인다. 바람과 햇볕과 숨 쉴 수 있는 공기가 있는 한 세상은 살아야 할 이유가 충분하다고.

갯모밀을 닮아야겠다. 어떠한 환경에도 불평 없이 꽃을 피우는 오기가 있어야만 할 것이다. 여름엔 푸른 잎으로, 겨울엔 붉은 잎으로, 바람이 불지 않으면 옷깃에라도 묻어 씨앗을 발아시켜야 할 것이다. 비록 지금은 동토의 계절일지언정.

하찮은, 하찮지 않은

나는 하찮은 일을 우선순위에 둔다. 내가 산에 가는 건 아무도 관심 두지 않는 하찮은 일일 수도 있다. 그래도 병원신세 지지 않고 잘 살고 있는 이유는 매일 산에 올라와 하찮은 운동을 하고 있는 덕분이라 생각한다. 하찮은 일이 쌓여 하찮지 않은 일이 된다.

세상 모든 일은 하찮은 듯한 작은 것에서부터 시작된다. 하찮은 곳인, 길섶 하찮게 핀 풀꽃과 눈인사 한다. 하찮게 서있는 죽은 나뭇가지에 앉아있는 하찮지 않은 산새도 만난다.

하찮게 여기던 개망초의 부드러운 순을 나물로 먹을

수 있다고 한다. 실험 삼아 한 움큼 뜯어 끓는 물에 데쳤다. 된장으로 간을 하고 깨소금과 마늘 참기름을 넣어 조물조물 무쳤다. 부드럽고 연해 여느 봄나물과 비교해도 손색이 없다.

시골길에 지천으로 밟히던 질경이와 민들레도 귀한 몸이 된 지 오래다. 하찮게 여기던 비단개구리가 멸종 위기에 있다고도 한다. 귀하게 여기지 않던 것들이 귀해지는 걸 보면 하찮은 것이란 없는 것 같다.

산길 여기저기 나무뿌리들이 가로누워 있다. 흙과 낙엽이 덮인 거름더미 밑에 살아야 하는데도 사람들이 길을 낸 까닭에 드러난 몸을 감출 도리가 없다. 딱하게 여겨 주는 나뭇잎들이 가을이 되면 잎을 떨어뜨려 덮어주기도 한다. 그도 잠시 차가운 겨울바람이 몰려오면 그마저 흩어져버리고 만다.

하찮게 보이는 나무뿌리들은 산의 핏줄이다. 드러난 핏줄을 보며 남편의 손등을 떠올린다. 보살펴야 하는 가족이란 멍에를 짊어지고 살아온 남편의 손등과 닮았다. 푸른 정맥이 뚜렷이 드러난 손등이 여기 또 있다. 엎드려 나무뿌리를 쓰다듬어 주고 싶다.

나무뿌리의 삶은 괴롭고 신산하다. 날마다 딱딱한 등

산화 바닥에 수없이 짓밟힌다. 그러나 가끔은 부드러운 인간의 피부와 조우할 때도 있다. 신발을 벗은 채 등산을 하는 사람들을 만나기 때문이다. 늙수그레한 노인의 발바닥은 딱딱하게 굳은살이 박혀있을 수도 있다. 젊은 여인의 발바닥은 부드럽고 육감적이다. 나이 지긋한 비구니 스님 발은 따뜻하고 포근하다. 나무뿌리의 효과가 사람들에게도 전달되는 것 같다. 사람들도 산에 오면 오롯이 자신을 내려놓는다. 산을 닮고 싶고 산이고 싶은 마음일 것이다.

푸른 물감이 없어도 나뭇잎들은 푸른색으로 물들 줄 안다. 가을이 오면 나무들은 시키지 않아도 옷을 벗는다. 무사히 엄동설한을 나려면 버려야 하는 이치를 나무는 안다. 자신조차도 귀하게 여기지 않는 사람들보다 나무가 훨씬 더 현명할지도 모른다.

사소한 일을 간과할 때 엄청난 결과를 불러올 수도 있다. 중국 베이징의 나비가 날갯짓 하면 몇 주 혹은 몇 달 후 미국 뉴욕을 강타하는 허리케인이 될 수도 있다는 나비효과 이론은 그런 이치를 증명한다. 하찮은 일과 하찮지 않은 일의 경계가 모호해진다.

참 오랜만에 단비가 온다. 비가 오는 숲 속 나무들의

표정이 궁금했다. 숲 속은 한창 부산스러웠다. 오랜만에 만나는 나뭇잎들은 단비에게 안부를 전한다. 지나가던 바람도 한 마디 거든다. 키 큰 나무들도 키 작은 풀잎도 목을 축이기 바쁘다. 넓은 잎들은 물방울을 굴려 키 작은 풀잎에게 나누어 주기도 한다.

이제야 알 것 같다. 하찮은 일이 가장 중요할 수도 있다는 것을.

가을을 먹다

　도토리가 풍년이면 흉년이 든다는데 올해는 도토리가 온 산에 지천이다. 산에서 내려오는 여인네들의 두 팔엔 도토리가 한 아름씩 안겨 있다. 다람쥐들은 무얼 먹으라고 먹을 것이 지천인 사람들이 도토리를 저렇게 싹쓸이하는지 모르겠다며 지청구를 했다. 그 말을 들은 까닭인지 두 여자는 꽁지 빠진 수탉마냥 줄행랑을 친다.

　산 중턱에 올라서니 오솔길에 도토리가 다복다복 깔려 있어 도저히 지나칠 수가 없었다. 내가 하면 로맨스고 남이 하면 불륜이라더니 아까 한 얘기가 무색하게 본격적으로 도토리를 줍기 시작했다. 어떤 나무 밑에는 누가

갖다 부은 듯 깔려 있었다. 줍는 재미가 쏠쏠했다. 한 곳
엔 누군가가 도토리를 줍다 싫증이 났는지 봉지 째 두고
간 노다지도 있었다. 어지간히 줍고 나니 새삼 가져갈
일이 걱정되었다. 다람쥐 눈도 무섭지만 사람들 눈도 신
경이 쓰였다.

가방에다 도토리를 가득 채우고 가방 안에 들어 있던
물통을 꺼내 약수터로 향했다. 도토리 든 가방은 어깨에
지고 물병은 손에 든 체 산길을 내려 왔다. 지레 마음이
찔려 지나가는 사람들이 가방 안에 든 게 무어냐고 물어
볼 것만 같았다. 손에 든 물병도 점점 무거워져 팔이 저
리고 아팠다.

그 뒤로 본격적인 도토리 도둑이 되었다. 다람쥐 양식
이라 생각했던 도토리가 맛난 묵으로 보였다. 올해는 도
토리가 풍년이라는데 조금 주워간들 어떠랴, 내가 줍지
않아도 누군가는 주워 갈 텐데, 이래저래 구실을 대가며
자기 합리화하기 바빴다.

숲 속 어디에선가 동그란 눈을 데록데록 굴리며 다람
쥐가 지켜볼 것 같아 무시로 주변을 살폈다. 도토리 줍
기는 사람과 다람쥐 사이의 먹이 전쟁이기도 하다. 사람
에겐 주전부리지만 다람쥐에게는 생존이 걸린 일이다.

다람쥐에게 미안한 마음이 든다. 연못에다 재미삼아 짱돌을 던지는 철없는 아이가 된 느낌이었다.

　도토리껍질 벗기는 일도 여간 힘든 것이 아니다. 반으로 토막 내어 물에 불려 벗기니 손이 새까맣게 물들었다. 손바닥이 참나무 껍질처럼 꺼칠해졌다. 누군가가 망치로 두드려서 깨라고 언질을 주었다. 거실 탁자에 신문을 깔고 도토리를 모로 세워 망치로 두드렸다. 그마저도 쉽지 않았다. 망치를 내리칠 때마다 데구르르 굴러 달아나버리곤 한다. 잘못 맞춰 손가락을 내리치기도 했다. 약이 바짝 올랐다.

　"따르릉~"

　"형님 지금 뭐 하는데?"

　아래층 나래 엄마다.

　"저, 저…도토리 두 개 밖에 안 깠는데….”

　나도 모르게 말을 더듬거린다.

　"우리 집 천장이 흔들린다.”

　아파트는 벽 하나 사이가 경계라 방음을 해도 소리 새는 구멍이 따로 있다. 화장실 배수구는 물길만이 아니다. 소리도 그 길을 알고 있다. 다용도실 또한 마찬가지다. 고요한 밤 이내 잠들지 못하고 뒤척이다보면 어느

집인지 코 고는 소리까지 들리곤 한다. 이른 저녁이라 무심코 탁자 위에서 망치질 한 것이 아래층에서는 천둥 소리처럼 들렸나보다. 이래저래 민폐가 되고 있었다.

우여곡절 끝에 껍질 벗긴 도토리를 방앗간에 가서 빻아 왔다. 고운 채에 걸러 냉장고에 넣어 하룻밤을 재웠다. 차가운 기운에 밤새 풀이 죽어 물과 앙금이 분리되어 있었다. 찌꺼기는 떡을 해 먹을 수 있다기에 냉동실에 보관했다. 진한 갈색인 윗물을 두어 차례 따라내고 죽염을 넣어 다시 끓였다. 걸쭉하니 엉기기 시작한다. 스텐 양재기에 적당량을 부어 식혔다. 난생 처음 만들어 본 도토리묵이었다. 맛을 보니 떫은맛도 적당하고 쫀득하니 입에 착 감겼다. 그야말로 수제로 만든 천연 식품이었다.

몸속에 있는 중금속을 채내 밖으로 배출하는 도토리묵은 옛날 사람보다 현대인들에게 꼭 필요한 음식인 것 같다. 중금속뿐만이 아닌 내 안에 가득 차있는 욕심과 이기심도 말끔히 씻겨 나갔으면 한다.

다람쥐에게 미안한 마음에 새삼 얼굴이 화끈거린다.

가을이 오는 소리

추석이 다가 옵니다. 세월이 흐르는 소리를 듣습니다. 금정산 산그늘 밑으로 도토리가 하나 둘 가을시계가 되어 쌓입니다. 멧돼지가 사람 사는 마을이 궁금한지 자꾸만 아래로 내려와 흔적을 남깁니다. 괜스레 마음이 바빠지는 요즘입니다.

하늘이 높아지는 소리가 들리면 가을이 옵니다. 도시에서는 그 소리를 들을 수 없을지도 모릅니다. 사방이 확 트인 들판에 서보십시오. 바람결에 하늘이 높아지는 소리가 분명 들릴 것입니다. 어스름 해 질 녘이 되면 선명하게 들리는 소리에 소스라치게 놀랄 수도 있습니다.

가을이 지나가는 길목에는 추석이 있습니다. 햇곡식으로 차례를 지내야 합니다. 뿔뿔이 흩어진 형제들도 그날만큼은 모여 차례를 지냅니다. 잠시라도 만나 회포를 풀고 변해가는 모습을 지켜봅니다. 늙어가는 서로의 모습에 내색은 안 해도 너나없이 안쓰럽게 느낄 것입니다. 세월이 야속할 뿐입니다.

가을 소리는 우리 마음도 울립니다. 매미에게 바통을 이어 받은 귀뚜라미 소리가 마음을 간질이고 마음 깃을 여미게 합니다. 치열하게 울어대던 매미 소리는 이미 아득해졌습니다.

가을 하늘에는 목화솜으로 몽글몽글 찹니다. 누군가에게는 솜사탕처럼 달게 느껴질 것이고, 어떤 이에겐 마음 기댈 데 없어 더 외로워질지도 모릅니다. 보는 사람에 따라 달라 보일 것은 분명합니다.

이제 곧 어느 시인의 말처럼 서답 널어놓은 듯한 가을 산을 보게 될 것입니다. 나뭇잎들의 낙하하는 모습과도 마주하게 될 것입니다. 붉은 색과 노란색의 사연을 보며 가는 세월의 허무함도 느낄 것입니다. 별리의 증표이기도 한 그들을 보며 인생의 무상함을 배우기도 합니다.

일곱 살 적에 바라본 하늘에 대한 궁금증은 호기심을

떠나 약간의 두려움이기도 했습니다. 살아오면서 곤궁한 일이 닥치면 그때 바라보았던 하늘을 마주한 듯 했습니다.

지구가 참을 수 없는 한계에 다다른 걸 진즉에 느끼기라도 한 걸까요. 생각해 본 적도 없는 생존 배낭을 챙겨야 한다고 아우성들입니다. 대책 없이 사람들은 공포에 저당 잡히기도 합니다. 생존 배낭도 중요하겠지만 마음의 배낭끈도 조여야 할 것 같습니다.

일본으로 간다던 태풍 차바가 갑자기 진로를 바꾸어 제주도를 강타하고 부산으로 왔습니다. 바다와 동백섬 경관이 수려한 마린시티가 침수되었습니다. 태풍과 만조 시간이 겹치면서 영화「해운대」를 방불케 했다는 후문입니다. 바다 조망을 가까이 하려는 사람들의 욕심이 화를 부른 듯싶습니다.

물이 불보다 무섭다는 말이 있습니다. 불은 나더라도 집터는 남겨 놓습니다. 하늘에서 쏟아붓듯이 내려오는 물은 흔적도 없이 모든 것을 쓸어가 버리기도 합니다. 불은 위로 타오르지만 물은 아래로 내려가는데도 불가항력일 때가 있습니다.

금정산은 올해 흉년이 들었습니다. 발길에 채이고 밟

히던 도토리가 보이지 않습니다. 지난해만 해도 길에 떨어진 도토리는 사람들이 먹고 숲에 떨어진 건 산 짐승들이 먹었습니다. 사람들이야 먹을 것이 지천이지만 산에 사는 생명들의 양식이 걱정됩니다.

여름은 참으로 가혹했습니다. 불볕더위가 열매 맺을 틈조차 주지 않았습니다. 산의 나무들이 열매를 맺지 못한 채 가을을 넘기고 겨울을 맞이할지도 모릅니다. 자연도 치열해질까요.

생生의 가을이 오고 가는 소리를 듣습니다.

낙엽에는 고향 냄새가 난다

나뭇가지 사이로 초겨울 하늘이 싱그럽게 보인다. 나무 틈새를 비집고 내려온 햇볕이 대지를 감싼다. 여름내 넓은 나뭇잎에 가려 숨이 막혔던 땅들이 비로소 하늘을 만나 새 생명을 잉태할 채비를 한다.

숲길은 시몬들로 가득하다. 떨어진 낙엽 몇 잎 주워 든다. 잎맥 마디마다 저마다의 길이 연결되어 있다. 사람들 얼굴이 제 각각이듯 같은 길을 낸 잎맥은 찾을 수 없다. 한여름 불볕더위와 천둥 번개 속에서도 한시도 쉬지 않고 스스로의 세계를 구축하며 길을 내고 있었나 보다. 직선과 곡선 사이에 저마다의 개성과 사고를 관철했음

직한 진지한 노력이 보이는 듯하다. 길은 바깥에 있는 것이 아니라 내 안에 있다고 낙엽이 넌지시 말을 붙인다.

사철 푸른 나무는 넓은 잎을 가지지 못했다. 소나무 잎과 전나무, 향나무 잎처럼 사철 푸른 잎 끝은 침처럼 뾰족하다. 최소한의 수분과 무게를 가져야만 혹한기에도 견딜 수가 있기 때문일 것이다. 독야청청하다는 것은 목숨을 건 기개가 있어야 한다는 것을 바늘같이 생긴 잎이 말하고 있다.

낙엽은 후미진 길섶에 옹기종기 모여 있다. 잘난 체 나서는 일도 없고 모른 체 외면 하는 일 또한 없다. 순리, 라는 말을 저들도 알고 있는 듯하다.

우우 바람이 바튼 소리를 내며 지나간다. 마른 소나무 잎들이 날을 세우며 떨어진다. 스스로 떨어질 때를 알고 있는 낙엽과는 사뭇 다른 모습으로 보인다. 울긋불긋 채색되어 떨어지는 낙엽은 시골 간이역마다 정차하는 완행열차의 모습을 연상케 한다. 수직으로 날을 세우며 떨어지는 소나무 잎은 KTX를 닮은 것 같다.

도시의 가로수 길에 떨어진 노란 은행잎을 줍는 여심은 한 폭의 수채화를 보는 듯하다. 떨어지는 모습이 아

름다운 낙엽을 사랑하지 않는 이는 가슴이 메마른 사람
일 게다.

떨어지는 낙엽을 보면 나도 모르는 사이 자주 부르는
노래 구절이 있다. "가을엔 편지를 하겠어요. 누구라도
그대가 되어 받아 주세요. 낙엽이 흩어지면 외로운 여자
가 아름다워요." 삭막한 도시에서 우연히 마주친 이름
모를 여인, 낙엽을 줍는 모습을 본 작곡가의 감성어린
마음이 그려져 있다.

지난밤 불던 바람에 마지막 한 잎마저 떨어뜨린 산은
동안거에 들었다. 봄바람이 하늘거릴 때 칩거를 끝낸 어
린 새싹들을 만나게 될 것이다. 새싹은 지난해 낙엽 되
어 떨어진 묵은 기억을 알 수 없을 것이다. 낙엽은 한갓
흘러간 물일뿐이다. 흘러가는 물은 그저 흐르는 것 같아
도 생명을 키우며 흘러간다.

낙엽에서는 고향 냄새가 난다. 기억날 듯 말 듯한, 어
릴 적에 맡았던 엄마 젖 냄새가 난다. 아련히 코끝을 적
시며 머릿속으로 스며드는 엄마 살 냄새는 기억 속에서
만 존재하는 냄새다. 미루나무 잎이 흔들리는 저녁나절
에는 집집마다 굴뚝에서 연기가 올라온다. 그 연기 속에
묻혀 배고픈 속을 회동케 하는 밥 뜸 드는 냄새가 난다.

가을걷이 끝내고 새 볏짚으로 이은 초가집 냄새가 난다.

볏짚으로 이은 지붕은 비와 바람을 막아 주는 구실뿐만이 아닌 어린 생명도 키운다. 포근한 볏짚 지붕 속에 참새들은 둥지를 틀고 알들을 품어 부화시킨다. 알에서 깨어난 새끼들은 어미의 지극 정성인 보살핌으로 무사히 자랄 수 있다. 지붕 위는 천적인 뱀들도 쉽게 접근 할 수 없는 안전지대인 것이다.

오빠는 지붕을 이을 때 쓰던 사다리를 딛고 올라가 짚 사이에 손을 넣어 참새 새끼를 보여 주곤 했다. 하얀 부리에 솜털이 보송보송한 새끼는 눈을 감고 입만 쫙쫙 벌렸다. 제 몸에 닿는 모든 것이 지 에미의 감촉으로 인식되었기 때문이리라. 엄마가 제일 좋았던 어린 우리들도 참새 새끼였겠다.

초가지붕이 없어진 탓인지 요즘은 시골에서도 참새를 쉽게 볼 수가 없다. 참새들의 보금자리 찾기는 결코 쉽지 않기에 도시에서는 더더욱 참새가 생존할 수가 없을 것이다.

뒤란에 대나무가 우거져 있던 우리 집엔 유난히도 참새가 많이 날아왔다. 대나무 밭은 참새들의 집단 숙소였다. 참새들이 지저귀는 소리는 자연이 알리는 시계 소리

였다. 참새 대신 요즘은 어느 집이든 공간마다 시계가
한자리 차지하고 있다. 도시에서는 참새소리가 시계를
대신 하기에는 모든 것이 소란스럽고 지붕이 너무 높다.
불현듯 낙엽들이 참새가 되어 쩍쩍거리며 날아오른다.

지붕 있는 집에 살다

　아파트에는 기와 얹은 지붕이 없다. 대신 위층이 있을 뿐이다. 빗소리 대신 의자 끄는 소리를 들어야 하고, 위층에 사는 사람들의 발자국 소리를 들으며 잠을 청할 때도 있다.

　여러 세대 중 우리 집만 유일하게 지붕이 있다. 빗소리도 또록또록 잘 들린다. 거세게 바람 부는 날은 창문이 무섭도록 덜컹댄다. 날씨가 따뜻해 거실에 앉아 햇살을 쬐다보면 날개를 양껏 편 큰새들에 한 번씩 놀라기도 한다. 까마귀나 까치 같은 새는 흔하게 보이고, 이따금 어린 새소리가 지붕 위에서 들리기도 한다.

명절이 되어 손자, 손녀들이 오면 난장판이 따로 없다. 일곱 살, 여섯 살, 네 살 박이가 둘, 조랑조랑 모인 아이들은 거실을 숫제 운동장으로 안다. 하나가 뛰면 뒤따라 우르르 쫓아가기 바쁘다. 서로 부딪히고 엎어지고 기함할 정도로 아수라장이 된다. 지붕도 흔들리고 머리도 흔들리는 듯하다. 아래층에 미리 양해를 구해도 면구스럽기가 이를 데 없다.

집을 지을 때는 서까래가 올라가고, 지붕 받침이 되는 용마루를 올리기 전에 으레 상량식을 한다. 마루 위쪽에는 용龍자를 새겨 넣고, 집 지은 해·달·날·시를 쓴다. 아래쪽엔 구龜자를 새겨 고사를 지내며, 마른 명태와 베 한 필을 용마루에다 묶어 지붕에 올린 후 공사를 시작한다. 그 집의 역사가 시작되는 것이다.

하늘에서 가장 상스런 동물이 용이라면 물에서는 거북일 것이다. 하늘에서 최고인 용을, 물에서 가장 오래 산다는 거북이 지붕을 떠받치게 한다. 용처럼 귀하고 거북처럼 오래 살 수 있는 집을 지으려는 염원을 담았을 것이다.

초가집은 소박하고 정감이 간다. 지금은 민속촌에 가야만 볼 수 있는 풍경이지만, 가을걷이 끝내고 새 볏짚으로 이은 지붕들이 옹기종기 모여 있는 민초들이 사는 마을은 한 폭의 그림 같다. 오랜 시간 삭고 바랜 헌 볏짚을 걷어내고, 노란 새 볏짚으로 단장했을 때 얼마나 후련하고 좋았을까. 바지런하게 살아야 했던 그 시절 모습이 요즘 말하는 웰빙인 듯싶다.

집과 사람은 서로 닮는 모양이다. 그때는 초가지붕처럼 모나지 않고 둥글둥글 살던 시절이 아닌가. 그저 다 믿고 비워두던 너그러운 인심이었다. 대문 없는 집이 온종일 비어 있어도 걱정조차 하지 않았다. 삽작이 닫혀 있으면 빈집이고, 열려 있으면 주인이 있는 것일 뿐 꼭꼭 여미고 살지 않았다.

사각으로 만든 집에 살다 보니 어느새 사람들 마음도 집을 닮아 각이 져 버렸나보다. 시멘트와 철근으로 지은 집에서 살아가는 현대인들은 각을 세우고 날을 세워 서로에게 상처를 주며 살아간다. 독을 품은 시멘트와 화학물질이 첨가된 도배지로 환경호르몬 등의 해로운 물질이 사람들을 위협한다. 그 때문인가, 서로를 불신하며 사는 세상이 되어버렸다. 무엇으로 사람들의 마음을 순박하게 되돌릴 수 있을까.

사람에게 지붕이 무엇이냐고 묻는다면 나는 마음이라

대답하고 싶다. 마음을 다스릴 수 없다면 인격뿐 아니라 수치심도 자존심도 없는 살덩어리에 불과할 거라 여긴다.

지금은 없어진 풍속이지만 임종을 지켰던 자손들은 임종 후에 망자가 입었던 옷을 지붕 위에 펼쳐 떠나는 망자의 혼을 불렀다. 생전에 가장 지극한 사람의 부름에 뒤돌아본 혼은 자신이 입었던 옷에 잠시 머물러 자손들에게 마지막 이별을 고했을 것이다. 혼마저 머무를 곳이 없는 현대인들은 이승에서 잠시 돌아 볼 틈도 없이 떠나야만 하나. 낙타가 가는 길이 따로 있듯이 영혼이 가는 길은 남겨 두어야 할 것 같다.

하늘을 지붕 삼고 땅을 베개 삼아 한 세상 풍류와 더불어 살다간 김삿갓의 생애가 새삼 마음에 다가온다.

난 꽃을 보며

　올가을엔 배추 무 농사가 풍년이다. 소비자 입장에서야 환영할 일이지만 농사짓는 사람 입장에는 가슴 아리는 일이다. 봄부터 정성을 다해 지은 밭을 갈아엎어야 한다. 그 심정이야말로 가슴을 갈아엎는 것 같은 아픔을 겪는 일일 게다.

　그러다 보니 면면이 아는 사람들에게라도 나누어 주는 일이 많아졌다. 덕분에 무 한 포대를 얻게 되었다. 땅에 묻어 두고 먹을 수 있다면 더할 나위 없는 일이지만 아파트라 생각뿐이다. 두꺼운 비닐 포대에 담겨있는 까닭에 괜찮을 것 같아 그냥 두었다.

사 개월 지난 며칠 전 포대 위에 연보라색 나비가 앉아 있었다. 나비에게서는 초콜렛 향기까지 풍겨 나왔다. 아직 추위도 덜 가셨는데 웬 나비라니, 싶어 자세히 살펴보았다.

"세상에!" 장다리꽃이 아닌가. 흙 한 줌 없는 비닐 포대 안에서 싱싱한 줄기 하며 푸르고 너울거리는 잎사귀, 거기다 꽃까지 피워놓았다. "나 여기 있소". 하며 고개를 빳빳하게 치켜들고 있었다. 봄은 무 포대 속에 가장 먼저 와 있었던 것이다.

감탄스럽다 못해 경이롭기까지 한 생명의 집착 앞에서 한없이 부끄러운 생각이 들었다. 나는 과연 무엇 하나 제대로 피우기 위해 불철주야 노력한 일이 단 한번이라도 있었던가. 비닐 포대가 아닌 옥토에서도 햇살이 모자라느니 물이 부족하느니 불평만 늘어놓지나 않았는지 모를 노릇이다.

꽃을 싫어하는 사람이야 없을 것이다. 꽃보다도 꽃이나 식물을 키우는 걸 좋아한다는 게 적절한 표현이지 싶다. 키우다 보면 뜻하지 않게 작은 기쁨을 느낄 수가 있기 때문이기도 하다.

작년 여름이었다. 길을 가다 길바닥에 뿌리를 드러낸

채 진열되어 있던 김기아 난을 보았다. 난 파는 아저씨는 날씨도 덥고 하니 한 화분 값에 천원만 보태라며 두 무더기를 준다. 아줌마 얼굴 보니 절대 죽이지 않고 잘 키우겠다는 덕담까지 같이 싸주었다.

여행을 갔을 때나 계곡 같은 데를 다녀 올 때면 난을 붙이기 좋은 돌을 한 두개 가져온다. 그 돌에다 대엽풍란, 소엽풍란, 석곡, 바위 손, 김기아 난, 콩란 등을 붙인다. 고맙게도 그들은 그 자리에 잘 자라주었고 철되면 꽃까지 잊지 않고 피워준다. 그런 돌이 우리 집 베란다에는 제법 많이 있다. 가끔은 남편에게 핀잔을 들을 때도 더러 있지만 거기엔 장유폭포, 파래소 폭포도 있고 해남 땅 끝 마을, 보길도도 있는가 하면 청도 운문 계곡도 있다. 마음이 울적할 때 돌들을 보며 여행지의 추억을 떠올리기도 한다.

이사 올 때 혹시 남편이 하나라도 버릴까봐 혼자일 때 옮겼다. 한동안 손목이 시큰거려 애를 먹었다. 그걸 보답하느라 나름대로 최선을 다해 꽃을 피워 주는 것이라는 생각이 든다.

두 무더기 가져온 난을 바위 옆 공간에다 안착을 시켰다. 살던 곳과 환경이 다른 탓인지 비실거리며 말라 가

다가 몇 뿌리 근근이 연명을 하는 것이 안쓰러웠다. 사람보다 난이 더위를 더 타는 모양이다.

계절 자체를 어찌 할 순 없지만 사람들은 인위적인 방법인 난방과 에어컨으로 추위와 더위를 조절한다. 식물들은 여름철 사람들이 만들어 놓은 차량과 에어컨의 열기들로 인해 예전보다 더 더운 열기를 견뎌야만 한다. 난화원에처럼 선풍기를 틀어줄 수도 없는 노릇이다. 그 어려움을 겪고 겨울까지 보낸 난이기에 볼품이 없어도 애착이 간다.

며칠 전부터 실오라기만 한 대를 올리더니 보일 듯 말듯한 꽃망울을 맺고 있다. 한 대도 아닌 세 대나, 정성을 보인 내 눈치 보느라 어렵사리 꽃대를 올렸나 보다.

나도 자그마한 꽃, 다만 하나라도 피울 수 있었으면 하는 소망을 가지고 있다. 허술한 나뭇가지이긴 하지만 수필이라는 꽃 하나 피울 수 있다면 그 어떤 꽃을 피우는 것 보다 행복한 꽃이 될 것이다. 죽은 나무에 핀 꽃을 보듯 황홀해질지도 모를 일이다.

제4부

새벽을 만나다

여명은 산 너머에서 고양이 발자국처럼 소리 없이 다가와 어둠을 먹어치운다. 대지는 아직 잠들어 있다. 사방이 염색을 하듯 물감처럼 스며든다. 이른 시각, 잠에서 깨어 본 창밖 풍경이 생경하다.

오래전 했던 약속을 이행하듯 전깃불이 여명에게 자리를 내어 준다. 끈질기게 떨어지지 않겠다고 보채는 잠을 털어 내고 약수터로 향했다. 아직 덜 영근 감귤과도 같은, 계란 노른자위보다 조금 큰 해가 잔가지 사이로 숨었다 나타났다 숨바꼭질을 한다. 어린 햇살은 누구에게도 눈부시게 하지 않는다.

햇살 덕분에 동행이 생겼다. 손짓 하나 발짓 하나 놓치지 않고 흉내 내는 그림자를 앞세우고 산길을 간다. 바쁜 일이 없다는 것이 이리도 여유로운 일인 줄 미처 몰랐다. 다른 사람들이 잠든 시간 집을 나선 까닭에 더 여유로운 생각이 드는지도 모른다. 덤으로 생긴 시간인 것 같다.

숲은 내게 가만히 속삭여 준다. 언제라도 맘껏 내 품에서 여유를 가지고 살아가라 한다. 마른 소나무 잎이 모자 위로 떨어져 내리고 갈참나무 잎은 손뼉이라도 치는 듯 흔들린다. 언제 동동거리며 바쁘게 살았는지 기억조차 없는 것 같다. 심신이 느긋하다.

새벽에 우는 산새 소리를 듣는다. 피콜로 소리처럼 청아하게 들린다. 높이 나는 새가 멀리 본다고 한다. 일찍 일어난 새가 더 좋은 먹이를 먹을 수 있다. 오늘은 나도 새벽에 일어난 산새가 된다.

삶을 하루에 비유해 본다면 나는 정오를 지나가 있다. 아니 저녁에 가까이 와 있을 것만 같다. 완벽하진 않아도 후회 없는 삶을 살아가고 싶다. 십 년을 일 년처럼 허송세월 하는 사람이 있는가 하면 일 년을 십 년처럼 마디게 쓰는 사람도 있을 것이다. 이 시점의 나는 잠자는 시간마저 아껴 살아야 하지 않을까.

문득 청춘예찬의 마지막 구절을 들추어 본다. '청춘은 인생의 황금시대다. 우리는 이 황금시대의 가치를 충분히 발휘하기 위하여 이 황금시대를 영원히 붙잡아 두기 위하여, 힘차게 노래하며 힘차게 약동한다.' 우보牛步 민태원 선생께서 이글을 썼을 때는 청춘이 아니고 노년에 가까워서 쓰지 않았는지 심히 궁금하다.

　내게 청춘이라 부르던 날들을 떠올려본다. 그때는 참 많이도 아팠다. 여자들은 시집을 잘 가야 잘 살고, 장래 희망이 현모양처가 대부분이던 시절이다. 미래에 대한 근거 없는 불안감으로 밤잠을 설치며 고민했다. 때론 해운대 동백섬에서 옷도 젖고 마음도 젖은 채 울부짖는 바다를 보며 망부석처럼 서 있기도 했다. 비 오는 바다는 유일한 피난처였다. 고독이란 글귀만 보아도 명치끝이 아렸다. 고독이 취미가 되었고 영혼마저 허기졌다. 자유로운 영혼을 가진 갈매기가 부러웠다.

　어느 수필가의 글이 떠오른다. 매일 산에서 만나는 노인이 있다. 하루는 노인에게 산에 힘들게 오르는 이유를 물었다. 노인의 대답은 죽어서 산에 오를 때 힘들지 않으려고 연습을 한다는 것이었다. 그러나 노인은 죽어서 산에 가지 못했다. 자식들의 일방적인 결정으로 한 줌

가루가 되어 납골당에 안치되었다. 죽음은 결코 죽은 자의 몫이 아니다.

돌아가신 시아버님은 유난히 잠을 많이 주무셨다. 하루 열 시간 이상도 예사였다. 그땐 영문을 몰랐지만 영원히 잠드는 연습이 아니었을까. 아버님을 닮은 탓인지 새댁이었을 때 시누이 둘에서는 일요일이 되면 온종일 잠만 잤다. 그즈음 막내딸을 가지게 되었다. 고모를 닮았는지 딸아이도 휴일의 반나절을 잠으로 보냈다. 임신했을 때 미워하면 그 사람을 닮는다는 말이 사실일까. 시누이에게 곱지 않은 시선을 보냈던 게 미안해진다.

여고 동창의 부친상으로 장례식에 다녀왔다. 구순을 바라보는 연세로 돌아가셔서인지 유가족들의 표정이 어둡지 않았다. 상복을 입지 않았다면 친척들 모임으로 보였을 것 같다. 흔히들 호상이라 하지만 호상이란 없다는 생각이 든다. 죽음 앞에서 좋을 호好가 가당키나 한 일인가.

죽음이란 새로운 시작일 수도 있겠다. 그 역시 순리이다.

외사촌의 결혼식

경쾌한 음악 소리가 들려왔다. 하객들이 앉아있는 통로로 잘생긴 청년이 색스폰을 불며 등장했다. 잠시 신랑과 귓속말을 주고 받드니 축가를 연주하기 시작했다. 감미로운 곡이 흐르는 도중, 신랑이 어여쁜 신부의 뺨에 입을 맞추었다. 그런 다음 살며시 안아주는 것이었다. 너무나도 아름다운 광경을 보는 순간, 나도 모르게 내 눈에서 눈물이 흘러내렸다.

신랑신부의 나이가 결코 적지 않은 늦은 결혼이었다. 저리도 어울리는 제 짝을 만나려고 혼기가 늦어지도록 기다린 것이 아닐까 하는 생각이 들 정도로 어울리는 한

쌍이었다. 부부는 살아가면서 닮는다는데 살기도 전에 형제만큼이나 닮아 보인다. 닮으면 잘 산다고 하던 말이 생각났다. 신부의 여동생이 먼저 결혼했을 때 마음고생을 했던 아픔도 있었을 것이다. 그 아픔까지도 저만큼 달아나 버리는 것 같아 보였다.

　유난히도 외갓집에 가는 것이 좋았던 때가 있었다. 아버지께서 외동아들이라 사촌이 없다. 까닭에 친가보다 외가를 더 자주 갔다. 방학이 되면 외사촌 오빠 동생들과 어울려 개울에서 미꾸라지를 잡으러 쫓아 다녔다. 소쿠리에 미꾸라지들이 담기는 재미에 시꺼먼 거머리들이 종아리에 붙는 줄도 몰랐다. 피를 실컷 빨아 먹은 거머리들은 배를 허옇게 뒤집으며 저절로 떨어져 나동그러지도록, 소쿠리에는 미꾸라지 말고도 또 다른 불청객들이 허둥거리며 따라 나왔다. 검은 등을 가진 방게였다. 바쁘게 오가며 법석을 떠는 방게는 초대 받지 않은 손님이었다. 미꾸리가 오골 오골 담긴 소쿠리를 기울이면 방게는 올라오고 미꾸라지는 저절로 미끄러져 내려와 양동이에 담겼다.

　고추잠자리가 하늘가를 맴돌기 시작하면 방학은 끝이 나고, 새끼 고양이를 품에 안고 집으로 돌아왔다. 그 시절 운전기사 아저씨는 절대 짐승을 차에 태워 주지 않았다. 혹여 고양이 울음소리가 들리기라도 하면 버스에서 쫓겨나야만 했다. 어쩔 수 없이 다음 버스를 기다리는 수밖에 방법이 없다. 더위가 채 가시지 않은 날씨지만 긴 옷을 입고 고양이새끼를 품에 감추어 오는 것 말고는 방도가 없었다. 혹여 울음소리를 낼까봐 오줌이 마려울 지경이다. 집에 데려와서는 서로 안고 자려고 동생들과 실랑이를 벌였다.

그런 추억 때문인지 결혼하고 나서도 외갓집 대소사가 있다는 연락이 오면 빠지지 않고 참석하려고 애쓰게 된다. 결혼식장 가는 길엔 도심을 지나면서도 마음은 저만치 산모퉁이를 돌아 연꽃이 피어있는 연못을 지나는 환상에 빠진다. 연못가엔 소금쟁이들이 맴을 돌고, 땡볕에 일광욕을 하던 청개구리는 연잎 밑에 숨어 낯선 발자국 소리에 숨을 죽였다. 두 번째 모퉁이를 돌면 대나무 숲이 우거진 대밭이 나왔다. 그곳은 언제나 댓바람이 쏴-아 시원하게 불고 저 멀리 외갓집 대문이 보이면 잠시 걸음을 멈추고 땀을 식히곤 했었다.

결혼식장에서는 일가친지들과 친한 사람들이 모인 자리에서 잘 살겠다는 약속을 한다. 서약서가 형식적이라 그런지 몰라도 요즘은 그 서약서의 잉크가 마르기도 전에 결혼을 끝내는 일이 비일비재하게 생겨나고 있다. 초스피드 시대의 한 단면을 보는 것 같아서 쓸쓸해 진다.

일전에 어느 방송사의 뉴스 시간에 보도된 일이다. 가난한 젊은 남녀가 결혼 비용이 없어 지하철에서 올린 결혼식을 보도한 적이 있다. 지하철 승객을 하객으로 삼고 둘이서 결혼식을 했다는 것이다. 신선한 충격이었다. 형식이 무에 그리 중요한 일인가라며 많은 사람들이 공감을 표시했다. 어떤 사람들은 방송국에다 연락을 하여 도와주고 싶다는 의사를 표현하기도 했었다. 추적한 결과, 모 대학 연극 영화과 학생들의 연기였다는 싱거운 결론이었다.

서로 참는 연습을 해야 하는 것이 결혼생활이라고 한다면 어떨까. 여태까지는 부모의 그늘에서 자유롭게 살아 왔지만 혼자가 아닌 둘이서 결정지을 일이 많아진다. 살다 보면 의견대립이 생길 수밖에 없는 것이 인생살이다. 결혼생활이란 고무줄놀이와도 같은 것이다. 너무 당기면 끊어지고 느슨하면 걸려 넘어지기도 하면서, 추운 겨울 저녁에 된장찌개 보글보글 끓여놓고 기다리는 것이리라. 참고 기다리며 같은 방향을 보며 사는 게 결혼의 가장 중요한 조건이 아닐까.

　뻣뻣한 배추가 삭아 김치가 되고 딱딱한 콩이 무른 된장이 된다. 그렇게 서로에게 스며들 듯 살다 보면 자신도 모르는 새 서로에게 흡수되어 갈 것이다. 눈빛만 보고도 무얼 원하는지 알 수가 있다. 묵은 맛은 서로에게 편안함을 주기 마련이다. 부부란 오래 살다 보면 있는 듯 없는 듯 거실 귀퉁이에 자리 잡고 앉아 있는 조선 반닫이 같이 우묵한 것이리라.

섬으로 살다

섬 사이로 관광객들을 실은 배를 따라 조금 큰 나뭇잎 같은 보트 피플 행상들이 따라 다닌다. 배 위에 실린 것은 바나나와 파인애플 같은 열대 과일이다. 파도가 없는 바다지만 나무로 된 작은 조각배는 위태롭기 그지없어 보인다. 더 기막힌 것은 그 배에 갓난아이가 동승하고 있다는 것이다. 한 손으로 노를 젓고 다른 손으로 우는 아기를 달래며 장사를 한다. 엉거주춤 서서 과일을 건네 주고 돈을 받는다. 동정심을 유발하기 위해서인지 모르지만 아이를 키운 입장에서 보니 아슬아슬해서 볼 수가 없었다.

몇 년 전 베트남 하롱베이로 여행을 갔을 때 본 풍경이다. 삼천여 개의 섬이 떠있는 바다였다. 그곳 바닷물은 강물보다 더 잔잔했다. 섬도 모여 있어야 외롭지 않다는 것을 깨달은 모양이다.

티비 다큐에 한 사람이 섬으로 갔다. 사십 년간 사람이 살지 않고 비어 있던 섬이었다. 1970년대 두 가구가 살다 북한에 납북 되어 정부가 강제 이주시켜 아무도 살지 않던 섬이었다. 비어 있는 섬에는 배를 댈 만한 선착장도 없었다. 강산이 네 번이나 변한 세월이니 당연한 일이다. 선착장이 있던 흔적을 찾아 가까스로 섬에 오를 수 있었다.

그도 한때는 사업을 하여 크게 번창했다. 사기를 당하고, 변해가는 시대의 조류를 따르지 못해 하던 일을 접을 수밖에 없었다. 사회와 사람에 대한 환멸을 느껴 혼자 섬에 들어가서 살기로 작정했을 것 같다. 얼마쯤 먹을 양식과 인스턴트식품과 여러 종류의 채소 씨앗도 짐에 넣었다. 강아지 한 마리와 막 병아리를 면한 영계 여섯 마리를 친구이자 말동무 삼아 데리고 갔다.

섬에는 바람이 안부를 전해 주고 사람이 살던 옛터에

는 적막이 홀로 지키고 있었다. 허물어져 내린 돌담에는 시간의 무늬 같은 푸른 이끼가 무리지어 반겨 주었다.

그는 일 년 전 현장 답사 때 쳐놓았던 천막을 임시거처로 삼았다. 묵혀 있던 땅에 채소 씨앗을 뿌렸다. 해안가 바위틈 사이에서 어디서 떠내려 왔는지 출처를 알 수 없는 목재들을 주워 집을 지었다. 흙을 개어 돌 틈을 메우고 텃밭도 만들어 상추와 쑥갓 씨앗을 뿌렸다. 섬 곳곳에다 해바라기 꽃을 심었다. 섬 전체가 해바라기 꽃으로 가득해지는 상상을 하며 빈센트 반 고흐를 생각하곤 했다.

긴 시간동안 사람의 손길이 닿지 않던 해안가는 해산물이 지천이다. 운이 좋은 날은 작살로 물고기도 잡았다. 미역 다시마 같은 반찬거리와 굴도 따왔다. 돈도 필요 없고 시간도 제한 없다. 격식 또한 잊어도 그만이다. 외로움과 불편함만 무릅쓰면 살만한 곳이라 여겼다. 슬며시 그런 삶이 부러워진다. 아니 그 용기가 부러운 것일 게다.

어쩌면 사람도 각각 하나의 외로운 섬이다. 세상이란 거센 풍랑 속에서 기댈 곳도 의지할 곳도 없다. 네가 내가 아니고 내가 네가 아니듯, 아무도 나의 아픔과 괴로움을 대신해 줄 수는 없다. 뼈와 살을 나누어 준 부모일지라도 마음만 전할 뿐 고통은 순전히 자기 몫이다. 믿을 거라곤 자신뿐이다.

어린 시절엔 너나없이 어렵게 살았다. 열 살이 넘은 여자 아이들은 남의 집 심부름꾼으로 보내지기도 했다. 순전히 입 하나 줄이는 게 목적이었다. 운수가 나쁘면 인심 고약한 집 주인을 만나기도 했다. 어떤 이는 푼돈을 여기 저기 두어 양심을 떠보기도 했다. 견물생심이라 그 돈에 손을 대면 도둑이란 오명을 쓰고 쫓겨나야만 했다.

시절이 좋아져 이제 해외여행도 자유롭게 하는구나 싶다. 예전 어렵게 살던 때가 떠올라 돌아오는 발길이 가볍지만은 않았다.

도시의 풍경은 여전히 바쁘게 움직이고, 우리 동네 사거리는 도로 정체로 꽉 막혀 있다. 내가 섬이 되어 떠다니는 형국이다.

쓰레기를 버리며

월드컵 경기장으로 불리는 상암 축구장은 원래는 난지
도蘭芝島로 더 잘 알려진 쓰레기 매립장이었다. 그곳을 근
거지 삼아 사는 사람들이 있었다. 슬레이트나 천막으로
지은 임시 거처 같은 마을이 형성되어 있었다.

당시에는 쓰레기를 구분하여 버리지 않았기에 쓰레기
더미에서 쓸 수 있는 물건들을 골라 팔아서 생계를 유지
했다. 먹는 것을 제외한 모든 생필품을 매립장에서 나오
는 것으로 생활하였다.

1993년부터 난지도에 쓰레기 버리기가 중단되었다.
물자가 그리 풍족했던 시기는 아니었다. 그런데도 쓸 수

있는 물건들을 지나치게 버리고 살았다는 것도 놀라운 일이다. 인식도 없었겠지만 재활용할 수 있는 기술도 부족한 때문일 것이다. 난지도에 살던 사람들은 쓰레기로 자원을 만들었던 사람들이기도 하다. 그들은 버려지는 것들에게 생명을 주었던 사람들이다.

난초 난蘭 지초 지芝에 섬 도島, 아름다운 이름이다. 난초가 많아서 붙여진 이름이 아닐까. 그런 곳이 한때 쓰레기 매립장이었다니. 지금은 보리와 땅콩을 심어 하늘공원이라는 근사한 이름도 새로 얻어 사람들의 휴식처로 사랑받고 있다.

철로를 사이에 두고 낙동강과 인접해 있는 강변 마을이 있었다. 지금은 신도시로 불리는 화명동이다. 이십여 년도 넘지 않는 그때는 부산의 모든 쓰레기들을 그곳에 가져다 묻고 태웠다. 그로 인해 생긴 폐수는 어쩔 수 없이 강물과 합류되었을 것이다. 그래서인지 낙동강 하구 모래톱에 살던 그 많던 재첩이 사라져 버렸다.

"재치국 사이소, 재치국~." 새벽에 들리던 사투리 소리가 가끔 그리울 때가 있다. 쓰레기를 먹고 자란 그곳이 아파트 단지로 변할 줄은 상상조차 못했다. 상전벽해桑田碧海라는 말이 절로 나온다. 쓰레기 더미 위에 지은 집이지만 지금은 부산에서 집값이 가장 많이 오른 지역 중 한 곳이다. 아파트 밑에 깔려 있는 쓰레기들은 아마도 회심의 미소를 짓고 있을지 모른다.

낙엽더미 깔린 산책로에서 까치들이 먹을거리를 찾고 있다. 낙엽더미에는 지렁이도 살아 있고 먹이가 될 만한 열매도 섞여 있을 것이다. 나무들이 버리는 쓰레기는 지렁이도 키우고 까치도 키운다.

자연에서 나온 쓰레기는 자연으로 돌아간다. 사람들이 만든 깡통이나 비닐 같은 물건은 자연과 동화되려면 오랜 시간이 필요하다. 깡통 하나가 썩어 자연 상태로 돌아가려면 오백 년이란 세월이 소요되어야 한다고 들었다. 번거로운 일이지만 철저하게 분리하고 재활용해가며 쓰도록 노력해야 한다. 지구 전체가 쓰레기 더미로 변해 가기 전에 우리 아이들이 살아갈 땅을 제대로 남겨 둬야 하지 않겠는가.

누군가 살아있는 강아지를 쓰레기 봉지에 싸서 버렸다. 지나가던 사람이 그 강아지를 데려다 치료한 후 키우는 걸 보았다. 필요할 땐 키우다가 귀찮으면 버리는 사람들의 일회용 세태가 한심하다. 키우던 강아지를 쓰레기 버리듯 버린 그 쓰레기 같은 양심을 먼저 폐기처분

해야 될 성싶다.

　혹 내 마음속에는 쓰레기로 차있지는 않을까. 하찮은 일에도 서운해 하고, 성급하고 교만한 마음과, 안절부절 못하는 성격과, 이기적인 생각, 채우지 못해 안달하는 욕심. 내 안의 버려야 할 것들도 잘 추려내서 쓰레기차에 실어 보내고 싶다

또라이와 꽃

약수터로 가는 길은 거의가 가파른 오르막이다. 약수터의 기온은 동네 보다 삼 사도 정도 낮다. 삶의 여정이 그렇듯, 힘들여서 올라온 보람을 느낄 만큼 시원하다. 일주일에 사오일을 오르내리는 일이 일상이 된 지도 십 년이 넘었다.

안개비가 자욱한 산길을 거의 다 왔다는 안도감으로 위를 올려다본 순간 허여멀건한 동물이 뛰어 내려오고 있었다. 맙소사, 실오라기 하니 걸치지 않은 남자와 딱 눈빛이 마주쳤다. 내 입에서 나온 말은 "엄마야!" 그 한 마디였다. 그 소리에 그도 놀란 듯 보였다. 그 놈은 내리막길을 내달리고 나는 오르막길을 치달렸다. 심장은 끓는 팥죽처럼 요동치고 태풍에 흔들리는 갈대처럼 다리가 떨렸다.

그 상황에 "엄마야!" 라니 "뭐야" 라든지 무슨 다른 언어가 있을 텐데, 태곳적 그 외침밖에 할 수 없었다. 최초에 발아 했던 곳이 엄마의 자궁 속이었기 때문일까. 엄마라는 이름은 가장 위급한 순간에 만나는 소실점이다.

산길을 내려오다 만난 새댁 둘에게 물었다. 좀 전에 검은 옷을 입은 남자가 내려갔다고 한다. 내려오는 길에 옷을 입긴 했었나 보다. 소문으로는 들었지만 직접 보기는 처음이라 황망스럽기 그지없다.

얼마나 답답하였으면 폐속 뿐만이 아닌 피부로도 산山 기운을 받고 싶었을까. 그런 연유로 숲속에서 속살을 드러내었을 것만 같다. 더운 날 숲길을 벗은 채로 뛰었으니 참 시원하긴 했을 것이다. 장마철 물기 머금은 산 공기가 얼마나 기분 좋았을까. 제대로 된 풍욕風浴을 했을 거란 생각은 어인 발상인가.

벼랑 끝에 뿌리를 드러낸 채 서 있는 나무를 본 듯하다. 이름도 모르는 희귀병에 걸린 것은 아닌지. 그래 맞아, 고칠 수 없는 병에 걸린 거야. 병으로 치부하니 마음

밭이 고요해진다.

두 살 터울 아들 둘을 데리고 목욕탕엘 갔던 기억이 불쑥 떠오른다. 그러자 벌거벗은 낯선 남자에게서 느꼈던 두려움도 안개 속에 녹아드는 것 같다. 내 아이에게서 받았던 감정이 되살아난다. 이 친근한 느낌은 무얼까.

그 남자가 전하고 싶은 메시지를 알고 싶다. 졸지에 남자 나체를 본 소나무 둥치가 벌건 얼굴로 어쩔 줄 모르는 표정으로 서 있다. 세상 살다 보니 별일도 다 본다 하며 서로를 위로 하는 것 같다. 안개 군단이 갈 길을 잃은 듯 소나무 가지 사이에서 서성거린다.

집에 돌아와 놀란 마음을 가라앉히고 112에 신고했다. 경찰관이 인상착의를 조목조목 묻는다. 즉시 신고 하면 이 삼 분만에 출동 할 수 있다고 한다. 그런들 무슨 소용이 있을까 싶다. 현장을 벗어나 아무렇지 않게 옷을 챙겨 입고 산길을 벗어나면 그만인 것을. 얼굴 생김새는 알 수 없고 흔들리던 눈동자만 가물거릴 뿐이다.

젊은 남자여서 많이 놀라긴 했지만 안타까운 마음이 든다. 모르긴 하지만 사랑하는 사람도 만나야 하고 자식도 낳아야 할 것이다. 그의 부모를 생각해 본다. 자식을 많이 낳는 것도 아닌 시대에 그도 대를 이을 아들이 아니던가. 부모님이 물려주신 소중한 몸이라는 생각을 지니고 살았으면 좋겠다.

요즘은 독신을 고집하며 혼자 사는 사람이 많아졌다. 그래도 사람들은 사랑하기 위해서 살지 않을까 싶다. 결혼은 하지 않아도 사랑을 하지 않는 사람은 없을 것 같다. 부모와의 사랑이든 이성간의 사랑이든 사랑을 생각하면 고되고 힘들어도 견딜 수 있는 힘을 얻는다.

원래 인간은 알몸으로 태어난다. 아담과 이브도 죄를 짓고 나서 옷을 입었다. 부끄러움을 알았기 때문이다. 유럽에는 누드로만 입장 하는 곳이 있다고 한다. 그곳은 죄를 짓지 않은 사람들만이 가야 하는 것은 아닐까 싶은 터무니 없는 생각을 해본다.

모든 생명체에게 생식기란 참으로 소중한 기관이다. 종족 보존 뿐만이 아닌 살아가는 근원이기도 하다. 식물의 생식기는 꽃이다. 그래선지 예쁘지 않은 꽃은 없다. 식물에게도 가장 중요한 일은 꽃을 피우는 일이다. 씨앗을 퍼트리고 다음 세대를 이어가야 한다. 숭고한 일이기도 하다. 꽃의 생식기는 저리도 아름다운데 사람에게는 아름다운 것이 무엇일까.

사람에게는 꽃보다도 더 아름다운 마음이 있다. 쓰이

는 용도에 따라 무한한 가능성을 가진 사람의 마음에는 병을 낫게 하는 치유 능력도 있다. 스스로의 마음을 다스린다면 몸의 병이든 마음의 병이든 무서울 게 없을 것이다.

나를 놀라게 했던 그 젊은 남자의 상처가 치유되기를 염원해 본다.

정지된 시간 속에서

그곳에는 시간이 정지되어 있는 듯 했다. 정지된 시간 속에서의 달빛 밟기는 잃어버린 나를 찾는 일이었다. 아무개의 아내도 아니었고 개똥이, 말똥이 엄마는 더더욱 아니다. 철저하게 자신에게로 돌아온 시간이 그곳에 존재하고 있었다. 운동선수의 금메달처럼 움직일 때마다 흔들리는 이름 석 자가 그것을 증명하고 있었다.

속리산 산사 자락에서 펼쳐지던 그들의 끼와 열정은 어디에다 숨겨놓고 있었던지 정녕 놀라웠다. 적막과 벗하던 숲마저도 오늘만은 잠을 잊고 불빛 따라 춤을 추며 흔들거렸다. 파격이라는 말도 모자라는 듯했다. 검은 옷에 모자를 눌러쓴 묘령의 여인이 추는 춤사위에 모닥불도 놀라 허둥거렸다. 더구나 부산 동료들의 끼라니… 한판 놀이마당은 열사흘 상현달이 휘영청 중천에 머물 때에야 끝이 났다. 다시 만날 수 있는 기회가 있기에 아쉬움을 삭일 수 있었다. 오랜 시간이 흐른 후 펼쳐 본 페이지는 빛바랜 책 속에서 노란색 은행잎을 만난 듯 선명할 것이다.

시간을 잊는다는 것은 모든 것에서 벗어나는 일이다. 그건 죽음 이전에는 불가능한 일이다. 여행은 잠시나마 그것을 음미할 수 있는 유일한 수단이 아닐까 싶다. 삶이란 올가미는 책임에서 벗어날 수 없고 현실을 외면할 수 없는 속에서 영위되어야 하는 것이기에.

어울림의 한마당은 가식을 벗어 던진 멋진 화합의 장소였다. 몇 번 만나 낯이 익은 문우들도 있었지만 첫 만남도 더러 있었다. 손에 손을 잡고 돌고 도는 강강술래는 그 모두에게 스스럼을 없애는 마력을 지니고 있었다. 늦더위가 기승을 부리고 있었지만 그 무엇도 그들을 막을 수는 없었다.

미륵신앙의 요람 법주사 가는 오솔길은 여름의 끝자락에 서 있었다. 숲 속 세상은 하찮게 보이는 풀잎도 나름

열심히 꽃을 피우고 있었다. 유심히 살펴보지 않으면 그
것이 꽃인지도 모르고 지나치기도 하지만 그들은 그것
조차 개의치 않았다. 다만 종족보존을 위해 꽃을 피워
열매를 퍼트려 자기들의 소명을 다하는 것을 최선으로
여길 뿐이다. 보아주는 이 없어도 말없이 꽃을 피우는
작은 풀꽃이 우주보다 크게 보였다.

처음 만난 법주사의 위용 앞에서 절로 머리가 숙여진
다. 바위에 새겨진 천년의 미소가 마음을 사로잡았다.
눈이 부시다. 방금 막 조각을 끝낸 듯 선명하다. 팔상전
은 팔상도를 모신 탑이다. 석탑은 더러 있지만 목탑이
완벽하게 보존되어 있는 곳은 이곳뿐이라고 한다. 탑 중
에서 가장 높다는 설명도 덧붙인다. 이층이 해체되어도
삼층이 무너지지 않고 삼층이 해체 되어도 사층이 무너
지지 않는 구조로 지어졌다는 문화 해설사의 말은 궁금
증을 불러일으킨다. 언젠가 꼭 다시 오리라 마음속으로
기도하고 다짐한 후 바삐 일행에게로 발걸음을 돌렸다.

사찰을 내려오는 길에 앞서 가던 동료가 고목나무 아
래통을 오매불망 그리던 애인인 양 두 팔을 벌려 껴안고
있었다. 얼른 같이 껴안아 보았지만 다른 손이 닿기엔
어림도 없었다. 지나가던 동료가 얼른 거들었다. 세 사

람이 팔을 벌려서야 손을 맞잡을 수가 있었다. 잎을 보니 수종은 소사나무 같다. 비바람에 시달린 흔적이 몸채 곳곳에 남아있다. 정지된 시간이 흉터로 각인되어 있었다. 모르긴 해도 삼백 년은 너끈히 넘어 보이는 그의 표정을 보니 사람들에게 껴안기기에 달관한 모습인 양 시무룩해져 있다. 저를 껴안은 사람들이 젊고 토실토실한 아가씨들이 아니어서 실망이라도 한 모양이다.

단재 신채호 선생의 묘역을 찾았다. 이글거리는 햇살은 선생의 조국애만큼이나 뜨겁다. 부릅뜬 눈동자에서 나는 광채는 태산을 무너뜨릴 듯 에너지가 느껴진다. 오직 조국의 광복만을 위해 생을 바친 투철한 정신을 본받아야 할 것이다. 영당 너머 묘지에는 흔적만 남아 있다. 묘를 지키는 석상만이 주인을 잃고 허탈하게 서 있다. 언덕 너머 새로이 조성된 무덤을 참배했다. 밭 한가운데 자리한 선생의 무덤은 깊은 상심에 젖어있는 듯했다. 사후 독립된 조국에서 유골마저도 편히 쉴 수 없는 것 같아 죄스럽기 그지없다.

세월 속에 묻힐 뻔 했던 직지가 만들어진 흥덕사 터가 큰 의미로 다가온다. 세계 최초로 금속활자를 사용한 『직지』는 프랑스 국립 도서관에 보관되어 있다. 독일 구텐베르그의 『세계의 심판』보다 약 78년이나 앞선 것이 증명되었다. 그 사실은 우리 민족에게 자부심을 가지게 하는 하나의 사건이었다. 선조들이 그만큼 글을 사랑하고 후세에 남기려 노력한 흔적들인 것이다.

정갈한 음식과 보살핌 속에서의 오찬은 한줄기 소나기였다. 그곳 문인들의 정성과 배려를 마음 깊이 새기며 아쉽지만 귀가 버스에 올랐다. 문득 숙소 옆 숲에서 첫 만남에 얼굴 붉히던 적송들이 그리워질 것만 같았다.

거문도에서

　뜨거운 태양 아래 모자를 눌러쓴 사람들이 연신 땀을 닦아낸다. 더위를 피해왔는지 더위를 맞으러 왔는지 모를 지경이었다. 피서라는 말이 무색했다. 강렬한 햇살이 닿는 물체마다 태워버릴 것만 같았다. 바다 위에 떠있는 섬마저 익은 듯이 보였다.

　해가 지고 나니 서늘한 바닷바람이 한낮의 열기를 식힌다. 한밤중에 내다본 바닷물이 밀려간 뒤, 갯벌에선 왜가리 한 마리가 성큼성큼 걸음을 내디딘다. 긴 목을 방아 찧듯 오르락내리락 주억인다. 천천히 여유를 부리며 먹이 사냥을 한다. 나도 한 마리의 왜가리가 되어 거문도巨文島 라는 이름에 걸맞게 큰 글을 배워갔으면 하는 마음이 든다.

　이튿날 새벽 배를 타고 주낙줄을 걷으러 나갔다. 고기는 보이지 않고 낚싯줄만 올라온다. 나중에 들은 얘기로는 장어란 놈은 영리해서 미끼만 따먹고 낚싯바늘은 뱉어낸다고 한다. 그래도 빈 줄은 아니다. 간간이 장어, 볼락, 가오리가 걸려든다. 누군가 우스갯소리로 고기에게 눈이 있는지 잘 살펴보라고 한다.

　팔뚝보다 굵은 장어는 힘이 장사였다. 소쿠리에 담아도 계속 튀어 오른다. 넘실거리는 바다가 무서워 나는 빨리 육지로 가고 싶었다. 장어도 육지로 가기가 무서울 것이라는 생각에 애써 잡은 장어를 보내주고 싶은 마음을 소쿠리에다 꾹꾹 눌러 담았다.

　그늘 한 자락 없는 뙤약볕 길을 걸어 역사의 뒤안길에 묻혀있는 영국군 묘지를 찾았다. 젊은 나이에 고향을 떠나와 생을 마감했던 병사의 한이 전해지는 듯했다. 이국 땅에서 꽃봉오리 한번 피워보지 못한 채 저문 영혼이 아닌가. 묵념으로 애도를 한다.

　기암절벽 바위를 지나 산길로 접어든다. 회로 쳐서 먹은 장어가 복수전이라도 하는지 진땀이 나며 욕지기가 올라왔다. 등대 구경은 아무래도 그른 모양이다. 꿈틀거리던 장어처럼 속이 꿈틀거렸다. 장어 닮은 내 위장도 바다로 가고 싶은가.

섬 반대편, 서도리 해안가는 크고 작은 자갈밭이었다. 집 주인들은 옥상 위의 모기장에서, 우리 내외는 방에서 잠을 자게 되었다. 섬모기의 크기는 파리만큼이나 컸다. 도시에서 온 먹잇감에 만찬이라도 하는 듯했다. 어찌나 극성인지 도무지 잠을 잘 수가 없었다. 모기향도 선풍기도 무용지물이었다. 모기에게 양껏 나눔의 미학을 전하는 밤이 될 것 같았다.

차에다 침구를 챙겨 방파제로 나갔다. 의자를 젖혀 누웠다. 하늘엔 별들이 반기며 아는 체를 한다. 바다는 파도소리 철썩이며 자장가를 불러준다. 선들선들 부는 바람 사이로 주옥같은 표현이 떠오르기를 기대해 본다. 파도는 해안가로 자갈을 굴리고 나는 생각을 굴린다.

드문드문 쌓아올린 바닷가 돌담은 성벽을 연상케 했다. 지붕도 보이지 않게 높게 쌓여져 있다. 지나다 빈 집에 들어가 보았다. 집은 허물어졌는데도 돌담은 세월을 건너뛴 듯이 위풍당당하다. 그 옛날 도둑걱정은 없었을 테고 짐작대로 파도 때문에 쌓은 것이라고 했다. 폭이

한 발도 넘는다. 자연에 대한 두려움을 짐작할 수 있다. 여름밤엔 돌담 위에다 가마니를 깔고 잠을 자기도 했단다. 돌담을 쌓듯 인심도 쌓으며 살아갔을 옛 섬사람들의 생활이 눈에 보이는 듯하다. 돌 틈으로 옛날이야기 소리가 도란거리며 흘러나온다. 섬의 돌담은 파도치는 바다가 두려워 쌓았고, 도시의 콘크리트 담은 사람이 두려워서 자꾸만 높아지는구나 싶었다.

마을 끝에는 해수욕장이 있었다. 오염되지 않은 자연이 얼마나 아름다운지 눈으로 직접 보고 느낄 수 있었다. 언덕배기와 바위틈새에 무리지어 자라는 매발톱은 하늘 끝자락에서 바다와 눈길을 마주한다. 바위 끝에 붙어 거친 해풍을 맞으며 살아가고 있는 바위취는 척박한 섬에서 적응하며 살아가고 있는 어부들의 삶을 닮았다.

야생화 화원에서나 볼 수 있는 식물들을 만나니 감탄이 절로 나왔다. 가만히 손으로 만져보니 생명력이 손끝을 통해 심장까지 느껴졌다. 순수하고 맑은 영혼들이다. 언제까지나 훼손되지 않고 이 모습 그대로였으면 좋겠다.

선착장 물가엔 오염되지 않았음을 증명이라도 하듯이, 주둥이가 뾰족한 꽁치들이 훤히 내장을 보인 채 노닐고 있다. 밑으론 또 다른 고기떼들이 있고 더 깊은 곳엔 큰 고기들이 보였다. 물밑까지 훤히 비쳤다.

고기들도 서열이 있나보다. 사람들은 위쪽으로만 향해 가는데 고기들은 낮은 쪽을 선호하는 것 같다. 큰 고기들이 작은 것들에게 양보해서인지도 알 수 없다. 클수록 낮은 곳으로 임하려는 고기들에게서 사람들은 도리道理를 배워야 할 것 같다.

자연은 말없는 스승임을 새삼 깨닫게 된다.

프라하의 밤

열 시간 넘게 비행기를 타는 일은 만만치 않았다. 그나마 내 몸집이 작다는 것이 위안이 될 줄이야.

앞 좌석에 앉은 외국인 남자의 모니터에서는 색색의 공들이 생성되고 사라지기를 반복한다. 아마도 게임 프로그램인가 보다. 아이들만 저런 게임을 하는 줄 알았는데 다 큰 어른이 하는 게임을 훔쳐보며 잠시 나도 모르게 빠져든다.

비행정보에서는 인천에서부터의 항로가 표시되고 있다. 모스크바 근교를 지나간다. 문득 1987년 승객 115명을 싣고 서울로 향하다 사라진 대한항공 비행기가 생각나 두려운 마음이 든다. 한 순간에 공중에서 분해되어 흔적 없이 사라져간 비운의 희생자들에게 애도의 마음을 보낸다.

영화 채널을 돌렸다. '덕혜옹주'가 나온다. 그녀는 조선의 마지막 옹주로 태어났지만 본인의 의지와는 상관없이 대마도 백작 다케유키와 정략 결혼한다. 해방이 되어 조국으로 돌아가는 뱃머리에서 귀국을 거부당한다. 실제로는 정신질환이 있었다지만 영화에는 그 부분에 대한 언급은 없다. 어떤 사람은 영화가 미화되었다고 말하기도 한다. 미화되었다고 한들 어쩌랴. 침략당한 나라의 옹주 처지가 오죽 힘들고 고통스러웠을까. 마음이 시리다.

어느새 프라하 공항에 도착했다. 공항 활주로에서 만난 노란 민들레가 안도감을 준다. 어릴 적 고향 골목길에 피던 씨앗이 돌고 돌아 여기까지 왔을라나. 활짝 웃는 민들레가 할머니의 인자한 미소처럼 따뜻하게 느껴진다.

공항 로비는 북새통이었다. 한꺼번에 비행기가 도착해서인지 줄이 끝도 없이 늘어나 있었다. 두 시간여 동안 기다려서야 겨우 수속을 마쳤다. 빨리빨리 하는 한국 정서가 벌써부터 그리워진다.

버스에서 바라다본 하늘엔 저녁노을이 우리 일행을 반기는 듯 불타고 있었다. 사진 찍을 새도 없이 노을은 어둠에 밀려 이내 사라진다. 마음 속 가방에라도 붉은 노을을 꼭꼭 담아본다.

사십여 분을 달려 도착한 곳은 번잡스럽지 않은 작은 도시였다. 학교 강당에 들어선 순간 아이들의 함성 소리가 들려왔다. 인형처럼 예쁜 소녀들이었다. 이어서 천상의 목소리로 낭랑하게 노래를 부른다. 좌우에 남학생 둘이 코러스를 넣어 준다. 사십여 명 정도 되는 아이들이 오롯이 우리 일행을 위해 기다리고 있었다고 한다. 귀빈 대접이 따로 없었다.

체코의 리베레츠시, 프라하에서 111킬로 위에 있는 도시다. 네 살부터 열여덟 살까지 음악과 미술 등 예술분야를 전공하는 학교다. 그 천사 같은 아이들은 세베라첵 합창단(체코의 북풍 합창단) 단원들이다. 한국에서 온 우리일행을 환영하기 위해 늦은 시간까지 기다려준 것이다. 열 시간을 넘게 비행한 피로가 한 순간에 날아갔다.

첫 곡 '에코echo'는 여학생 셋이 메아리처럼 화답하듯이 불렀다. 듣기에 아름다울 뿐 아니라 무척 신선했다. 우리말로 진달래와 도라지꽃 노래도 불렀다.생각지도 못한 일이라 더욱 감동이었다. 타국의 아이들이 부르는 우리말 노래에 마음이 울컥해졌다. 마지막 노래 '오 해피 데이'는 너무 신나고 활기가 넘쳐 어깨가 들썩거렸다.

지난해 부산에서 공연을 가진 적이 있다고 한다. 한국에 와본 적이 있어서인지 더 친근한 것 같았다. 우리 일행은 과분한 환영에 그저 어리둥절했다. 음악자체가 생활의 일부분인 그 나라의 문화가 부럽기도 했다.

이국에서 누린 그날 밤의 감동은 두고두고 살아가는데 활력으로 기억될 것이다.

이박삼일 1

-자하 紫霞 -

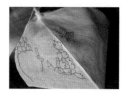

　지도에서만 보았던 목포와의 만남은 쉽게 이루어지지 않았다. 거의 왔을 것 같은 데도 도시는 민낯 보이기를 두려워하는 도시 처녀처럼 숨어 모습을 드러내지 않았다. 지친 여름해가 숨어버리고 융단처럼 노을이 서녘 하늘을 물들이고 있었다. 곧 어두워질 기세였다.

　'무화과 팝니다' 라는 팻말 앞에 차를 세워 목포로 가는 길을 물었다. "목포도 모르요." 라며 퉁명스레 대답하는 억양에 민망스럽고 미안한 마음이 들어 도망치듯 차에 올랐다. 한참을 기다려 맞은 손님이었을 터인데 길만

물었으니 짜증이 날만도 했으리라. 지나가던 행인에게 묻기를 반복하며 미로 같은 길을 지나서 약속장소인 목포역을 찾았다.

서울과 인천에서 온 친구 둘이 역 앞 화단 모서리에 앉아 기다리고 있다. 낯선 도시에서 잠시 미아가 되었던 그들은 우리들을 본 순간 엄마를 만난 아이 같은 해바라기 웃음을 지었다.

"이 가시나야!" 경상도 사투리가 허락도 없이 역사 앞을 날아 다녔다. 사람들이 흘깃거리며 지나쳐 갔다. 이곳이 전라도라는 생각은 안중에도 없다. 일 년 만에 만난 동창들은 변한 듯 아닌 듯 완숙해진 것 같다. 그래, 이렇게 익어가는 거야. 반가움에 껴안고 때리고 서로의 존재를 각인刻印 했다. 여자 셋만 모여도 접시가 깨진다는데 일곱 명이나 모였으니 역사驛舍가 대수랴. 반가움도 함께 동승하여 완도로 출발했다.

타도에서의 밤길은 미지 세계로의 탐험과도 같았다. 비로드 옷감 같은 어둠을 가르며 낯선 길을 달렸다. 무언가가 눈앞을 막아서는 것이 있다. 시詩, 서書, 화畵, 삼절三絕로 유명한 공재 윤두서의 고택이다. 섬세한 수염과 부리부리한 눈동자가 어둠속에서 지켜보는 듯한 기운이

와 닿는다.

"이리 오너라." 용감한 한 친구가 생경한 소리로 기운과 맞섰다. 그 소리에 응답한 것은 지나간 세월도 아니고 흰 수염이 성성한 노인도 아닌, 반딧불이가 불꽃처럼 날아올랐다. 순간, 살아있는 생명의 불꽃놀이에 할 말을 잊었다. 탄성조차 지를 수 없었다. 이런 환영을 받아 본 적이 있기나 했던가. 기이한 경험이다.

육중한 대문은 굳게 입을 닫은 채 절대로 열리지 않을 요량으로 버티고 서 있었다. 어둠이 먼지처럼 쌓여 속살보이기를 허락하지 않는 고택을 나름 상상하며 지나쳤다. 시골의 밤은 도시의 밤보다 정직했다.

육지와 섬을 잇는 다리의 불빛은 휘황찬란하게 빛나고 있다. 마치 자하로 가는 길목이 아닐까 싶은 착각마저 들었다. 행선지에 전화를 걸어 위치를 확인했다. 삼십여 분을 달렸지만 칠흙 같은 어둠만이 일행을 반길 뿐 횟집은 오리무중이다. 하는 수 없어 다시 전화를 걸었다. 정도리 구계등으로 오라는 전라도 말씨를 도무지 알아들을 수가 없었다. "뭐라구요 장도리가 구겨졌다구요" 모두 뒤집어졌다. 그 웃음소리는 초행 밤길의 두려움까지 날려버렸다. 숨바꼭질 놀이 하는 것처럼 그 남자는 횟집 이름은 절대 가르쳐 주지 않았다. 거듭 물어도 길목에 사진이 걸려있다는 알 수 없는 말만 되풀이했다. 가까스레 찾은 동네어귀엔 마을 사진이 불을 밝히고 길손을 반겨주었다. "사진은 사진이네." 누군가 한마디 했다.

횟집 앞엔 버젓이 어부 횟집이라는 간판이 붙어있었다. "횟집 이름은 특급 기밀이야" 누군가 다시 한 마디 던졌다. 횟집 이름을 끝내 가르쳐 주지 않은 것은 무슨 이유인지 아무리 생각해도 모를 일이다.

야트막한 지붕의 횟집 벽은 진귀한 풍경이 연출되고 있다. 막 태어난 듯한 조그만 지네새끼들이 벽에 붙어 사방팔방으로 기어 다니고 있다. 온몸이 스멀거려 나도 모르게 어깨가 으쓱거려졌다. 우리의 표정을 본 안주인은 "지네는 약으로도 먹지 않소." 라고 한마디 한다. 모두가 할 말을 잊은 채 서로의 표정만 살폈다. 여기는 영락없이 몬도가네였다. 화장실 벽에는 이제나 저제나 사람이 들어오기만을 기다리는 모기떼들이 새까맣게 진을 치고 있다. 누군가가 바지를 내리는 순간, 모기들의 만찬은 시작 될 것이다. 하룻밤 묵을 일정인데도 밤이 두렵다.

마당에 있는 평상에 저녁식사가 차려졌다. 달빛 나붓

이 내려앉은 평상에 앉아 바다를 보는 순간, 두려움은 파도가 쓸어가 버렸다. 맛있는 회와 밤바다, 몽돌자갈이 연주하는 환영 오케스트라는 먼길 달려온 나그네에게 평화를 주었다. 몬도가네도 잊게 만들었다. 언뜻언뜻 구름이 지나치며 환상처럼 푸른빛이 스쳐 지나가고 있다. 푸른 물감을 풀어놓은 듯한 바다와 자갈돌의 합창, 그 화음은 천 년 전의 소리다. 자그르르…

어느덧 천 년 전의 세계로 떠나가고 있다. 이곳이 정녕 자하(紫霞)*란 말인가.

* 자하(紫霞) : 신선이 사는 궁전

이박삼일 2
-나를 찾아서-

깊은 밤, 몽돌 자갈 해변을 지향 없이 걷는다. 백구가 어슬렁거리며 뒤를 따라 오고 있다. 도시에서 온 손님에게 호위병 노릇을 하는 듯 빠른 걸음엔 빨리 따라 오고 느리게 걸으니 천천히 따라 걷는다. 자갈돌 위에 걸터앉았다. 뒤따르던 백구도 자갈돌을 발로 골라 자리를 다듬더니 턱을 발치께로 얹어 편한 자세로 같이 앉는다. 십년지기를 만나기라도 한 듯 자연스럽고 편안한 표정이다.

섬 바닷가 마을에서 외롭기라도 했을지 모를 일이다.

손을 뻗어 머리를 쓰다듬어주니 스르르 눈을 감는다. 밤이 깊은 탓에 달빛도 졸리는지 희미해져 온다. 삼복더위이긴 해도 한데에서 밤을 새울 수는 없는 일이다. 만나자 이별이라더니, 숙소 앞 까지 따라 오는 백구는 고개를 도리질하며 헤어지기 아쉬워하는 표정을 짓는 것 같다. 생각지도 못했던 이별 연습을 해야만 한다.

맛있는 회와 아름다운 풍광이 있는 이곳으로 우리는 와 있다. 먼 길을 돌아 밤길을 헤매고 모기떼의 습격을 받은 부가가치일 것이다. 잠시나마 남편도 잊고 아이들도 버리고 일상도 접고 꽃다운 나이, 여고시절로 돌아가 오로지 나만의 시간이다. 나만을 위해 고민하고 생각할 수 있는 달력에도 없는 흔치 않은 날이다.

누군가 바다를 향해 자신의 이름을 소리쳐 부른다. 나도 내 이름을 불러본다. 바다 물결이 대답한다. 아직 너희들은 존재가치가 있다고 철썩거리며 맞장구를 친다.

다음 날 새벽 승용차와 함께 승선했다. 노화도 소안도 선착장을 거쳐 보길도에 도착했다. 배 위에서 바라본 섬은 피안彼岸의 세계인 듯 고요하고 평화롭게 보였다. 나무둥치는 고요해도 나뭇잎은 쉼없이 흔들려야 하는 것을 모르는바 아니지만…

선착장의 물이 어찌나 맑은지 그냥 마셔도 될 것 같다. 청정 해역이 그대로 유지되고 있는 이곳 사람들은 얼굴까지 맑아 보였다. 변하지 않고 그대로 유지되기를 바라는 마음 간절하다. 도시에서 절은 오염된 마음도 씻기는 듯 맑아진다. 누군가가 손으로 떠 마시고 싶다고 했다.

전복회를 주문했다. 내장도 같이 손질해 주었다. 검은 것은 수컷 내장이고 노란 것은 암컷 내장이란 말에 모두 검은 내장에 젓가락질을 먼저 한다. 젊음과 함께 부끄러움도 사라져 가는 우린 늙지도 젊지도 않은 중년이다.

굽이굽이 산길을 돌아오니 예송리 해수욕장이 보인다. 일명 바둑알 해수욕장으로 부르기도 한다. 옛적에는 이곳에서 바둑알을 골라 전국에 판매했다고 한다. 자갈돌 위에 앉아 구덩이를 판다. 팔 길이 끝까지 닿아도 그대로 자갈돌 밭이다. 어디까지가 끝 지점인지 가늠조차 할 수 없다.

햇살에 달구어진 자갈돌 위를 맨발로 걷는다. 걷기만 하는데도 온몸을 지압하는 듯하다. 작은 돌이지만 그 시원함은 바윗돌만큼이나 크다. 머릿속까지 시원한 느낌이 전달된다. 이곳에 며칠 눌러살면 온갖 지병이 다 나아버릴 것만 같다.

나이 지긋한 어부 부부가 방금 바다에서 건져 올린 다시마를 맛보라며 던져주고 간다. 어부의 소박한 마음이 다시마에 스며있는 듯, 다시미의 맛은 달콤하고 향기로웠다. 어부 부부 덕분에 우린 그렇게 맛있는 바다를 통째로 먹었다. 평생 잊을 수 없는 보길도의 맛으로 기억될 것이다 .

영랑생가를 지척에 두고 강진에서의 마지막 날을 보냈다. 영랑생가 담벼락 밑에는 모란이 지천이다. '모란이 피기까지는…' 대문 앞 시비詩碑에서 모란꽃이 뚝뚝 떨어지는 환상을 본다. 민족 시인으로 불리는 김영랑(김윤식)은 생가에다 독립선언문을 숨겨두었다. 자신의 영달榮達보다 나라의 안녕을 걱정했던 시인에게 절로 고개가 숙여진다. 진정한 지식인의 행동철학을 이 시대를 살아가는 사람들도 본 받았으면 하는 소망을 해 본다.

초가지붕과 뒤란의 대나무 숲은 어린 시절 내가 자랐던 시골집과 흡사했다. 뒤란 우물가에 서 있던 감나무가 어른거렸다. 풋감이 떨어지면 소금물 항아리에다 감을 삭히시던 할머니가 고방에서 걸어 나오는 환상이 보였다. 명치 밑에서 그리움과도 같은 서늘한 바람이 불어와 한기가 들어 진저리를 쳤다. 감나무 위를 오르내리던 내가 거기 서 있다.

　장광*은 옛 모습 그대로이다. "오매 단풍 들것네" 시인의 시 읊는 소리가 댓닢 소리와 함께 들려왔다. 누이의 단풍든 빨간 볼과 함께….

*장광 : 장독간

자연에서 익힌 수필정신의 아라베스크

– 안영순 수필집『강에게 고향을 묻다』독법

유 병 근(시인, 수필가)

한 수필가의 수필을 읽는 것은 그 수필가의 정신세계를 읽는 일이다. 수필은 그 수필가의 맑고 반듯한 거울이기 때문이다. 거울 속에는 수필가의 사유/상상력이라는 깊은 웅덩이가 있다. 한 수필가의 수필을 말한다는 것은 그 웅덩이에 잠긴 세상을 살펴보는 일이기도 하다.

수필가는 그의 세계를 수필이라는 수단으로 밝혀낸다. 이런 점 수필은 일종의 고백서이자 참회록이기도 하다. 함으로 수필집『강에게 고향을 묻다』속에는 수필가 안영순의 진솔한 사유가 알알이 박힌 참한 옥수수알처럼 살아 있다. 그런 점 안영순의 수필집은 삶이 살아 있는 신선한 옥수수밭에 견줄 수도 있을 것이다.

시인 이상李箱은 옥수수 밭 풍경을 열병식이라는 이미지로 나타낸 것을 희미하게나마 기억한다. 수필가 안영순 또한 줄기차게 갈파한 문장의 이랑이랑에서 옥수수 잎이 부딪치듯 서걱거리는 소리를 들을 수 있는 것은 반가운 일이다. 그 소리의 뚜껑너머에는「지우개」가 있다. '구순이 된 엄마는 이승에서 지워지기가 무척 싫은' 엄마의 모습이 잠겨 있다. '끌려가는 네 모습에 마음이 먹먹해'지는「백마와 이별하다」가 있다.

수필가 안영순의 수필적 행보는 다양하다. 그 행보 하나하나가 수필의 씨앗이 되고 수필의 꽃이 되는 건 흐뭇한 일이다. '연주가 시작되었다. 산만하던 실내가 조용해졌다. 악기소리가 청량한 바람소리처럼 울렸다. 이들을 여기까지 오게 한 제 각각의 사연들이 꼬리를 물고 춤을 춘다.'「제5병동」에 나오는 한 구절이다. 정신병원의 환자들을 수용한 병동풍경의 한 장면이다. 제각각 정상적인 사회활동을 하지 못하고 심리적으로, 병든 몸이 된 환자의 삶은 병동에 갇힌 몸이 된다. 지금 그들의 처지조차 망각한 백지상태다. 그런 아픔에서 출발하는 안영순 수필세계를 좀 더 깊이 있게 찾아보기로 한다.

불광불급不狂不及의 길에 서다

수필이라는 문학세계에 들기까지 수필가 안영순은 여느 여인들처럼 가정을 돌보고 밥짓고 빨래하고 자녀들을 위한 이런저런 크고 작은 일에 매달린 몸이다. 이것은 어느 누구나 겪는 한 가정을 위한 과정이며 성실한 가정 지킴이로서의 몫을 단단히 한다.

그러던 그에게 미치도록 정성을 쏟아야 하는 일이 눈앞에 나타난다. '식물에 미치기 시작한 것이다. 관음죽, 문주란, 행운목을 위시해서 덴파레, 신비디움, 호접난, 카톨레아 등 키우지 않은 화초가 없을 정도이다. 대흥사계, 소심춘란, 풍란에 이어 몇 년 전부터 야생화에다 수생식물까지 키운다.(「미친다는 것」 부분) 이처럼 식물을 기루며 식물과의 부단한 대화를 한다. 그러던 가운데 수필의 길에 들어선 것은 눈에 보이는 것에서 눈에 띄지 않는 것으로의 길을 모색한 셈이다. 수필은 눈에 보이지 않는 것을 눈에 띄게하는 훌륭한 역할을 한다. 그 길을 찾아나선 것이다.

이도저도 아닌, 이젠 정말로 미치고 싶은 대상을 만났다. 밤을 새우며 접근해 보아도 잡힐 듯 잡힐 듯 달아난다. 그건 바로 수필쓰기다. 좋은 글을 얻기 위해서라면 영혼이라도 바꾸고 싶은 절실한 마음이 든다.

'불광불급不狂不及' '미쳐야 미친다'는 책을 읽는다. 무언가에 미쳤기 때문에 성취할 수 있었던 옛사람들의 자취가 기록되어 있다. 재주가 모자라도 살을 깎고 피를 말리는 노력이 이루어낸 결과다. 제대로 미치는 것이다.

- 「미친다는 것」 부문

삶이란 고정되어 있는 것만이 아니다. 세상을 두루 돌아본 다음에 비로소 무엇이 눈에 들어오고 그 길을 목표로 삼아 나가는 일이 허다하다. 처음부터 단단한 길이란 극히 드물다. 여기저기 기웃거리고 헤매는 사이 비로소 가야할 길이 섬광처럼 눈에 떠오른다. 수필가 안영순에게 그 방향이란 것이 수필이라는 방대한 인문학에의 길이다.

며칠 전부터 실오라기만 한 대를 올리더니 보일 듯 말 듯한 꽃망울을 맺고 있다. 한 대도 아닌 세 대다. 정성을 보인 내 눈치 보느라 어렵사리 세 대를 올렸나 보다.

나도 작으마한 꽃, 다만 하나라도 피울 수 있었으면 하는

소망을 가지고 있다. 허술한 나뭇가지이긴 하지만 수필이
라는 꽃 하나 피울 수 있다면 그 어떤 꽃을 피우는 것보다
행복한 꽃이 될 것이다. 죽은 나무에 핀 꽃을 보듯 황홀해
질지도 모를 일이다.

— 「난 꽃을 보며」 부분

수필문학에의 열정이 이에 드러난다. 애지중지 기른
김기아난이 꽃대를 올리고 있는 모습에도 수필가는 '수
필이라는 꽃 하나 피울 수 있다면 그 어떤 꽃을 피우는
것보다 행복'할 것이라고 말한다.

굳이 말하지 않아도 수필집이란 것은 수필가에게 김기
아난 못지않는 훌륭한 꽃임을 짐작할 수 있다. 한 묶음
의 수필집은 그 수필가의 정성으로 피운 꽃이기 때문이
다. 불광불급으로 일구어낸 안영순 수필가의 수필집은
말할 나위도 없이 수필가의 꽃이며 그 영혼이다. 글쓰기
는 전력투구하는 일이기 때문에 한편 한편의 작품 속에
는 그 수필가의 뜨거운 정신력이 담긴다. 함으로 독자는
그 정신의 진수를 보고 읽는 것이나 다름없다. 수필은
물론 수필가와 그것을 읽는 독자에 의하여 완성된다고
볼 때 독자 또한 한편의 수필을 그냥 허드레로 읽고 가
볍게 여길 수 없는 책무 같은 것이 있다. 전자매체에 의

하여 인쇄활자매체가 활성을 띄지 못하는 시대상황에서도 인쇄매체는 독자의 기호에서 결코 뒤지지 않을 것임은 불문가지다. 정신생활에서 속도만이 전부는 아니다. 빠름과 느림은 공존하면서 서로의 영역에서 그 빛을 바랄 것이다.

수필에서 삶의 지혜를 구하다

흔히 말하기를 수필은 지성과 감성이 두루 어우러지는 문학이라고 한다. 함으로 수필가는 어제의 지성과 감성이 아닌 오늘의 지성과 감성에서 새로운 정서적 반응을 획득하려는 문학적 장치를 찾아 고심한다.

수필적 대상을 겉핥기로만 만족하지 않으려 한다. 그 의지로 대상의 내부에서 또 그 내부에로 침투 탐색하려는 끈질긴 정서탐구를 위한 노력을 다하려 한다. 그것은 대상을 보다 참신하게 보고 대상의 진수를 찾아내려는 노력에 따라 수필의 진면목을 획득할 수 있기 때문이다. 그런 노력에 의하여 세계는 어제보다 오늘이 새로워진다. 수필가는 그러니까 세계의 선두에서 세계의 참신한 모습을 이끌어가는 피일롯이다.

빈 의자에 앉아 '비어 있음'에 대한 의미를 생각해 본다.

'비어 있다'는 글자의 [ㅂ]은 무언가 담을 수 있다는 형상이다.'차 있다'에서 [ㅊ]은 아무것도 담을 수 없는 형상이다. 글자 모양으로도 의미를 찾을 수 있다는 게 세삼 신기했다. 무엇이든 욕심 부리고 채우지 못해 안달하며 산 것 같다. 무소유의 삶을 살아가는 수녀님이나 스님들의 얼굴이 세상사에 찌든 우리보다 훨씬 평온한 얼굴이 아니던가. 욕심 없는 내면에서만 나올 수 있는 자비로운 얼굴일 것이다.

－「흔적」 부분

표의문자가 아닌 상형문자 또한 아닌 한글은 말 그대로 표음문자임은 누구나 다 아는 사실이다. 그럼에도 이를 표의문자로 해석하여 글자의 뜻을 새기려고 하는 의도는 일종의 새롭게 보고 새롭게 생각하자는 의도임에 틀림없다.

이러한 의미에서 수필가 안영순은 글자만이 아닌 모든 사물을 새롭게 보고 해석하려는 남다른 공을 들인다. 그것은 곧 수필의 길에서 가져야할 특출한 언어구사임을 새삼 깨닫게 된다. 하기에 '막상 낯선 거리에 홀로 서 있으니 설음이 밀려 왔다'(상동)든가 '십일월의 역사는 빈 가슴처럼 휑했다'(상동)의 표현은 안영순 수필에서 갖는 쓸쓸함의 깊이를 더욱 돋보이게 드러내고 있다.

억새꽃이 피면 가을이 오고 억새꽃이 지면 겨울이 온다.

억새꽃을 보면 마음이 설렌다. 매년 피지만 볼 때마다 새
롭다. 비가 적게 온 해의 억새는 키가 작고 꽃잎도 짧다.
비가 잦은 해의 억새는 멋쩍게 큰 키로 잎이 무성하다.

– 「억새」 부분

수필가 안영순의 억새론이다. 식물에 깊은 관심을 기울
인 수필가의 관찰법은 억새꽃의 성장을 이처럼 자상하게
보고 있다. 수필가의 억새론은 이에 그치지 않는다.

① 억새는 사람들을 불러들인다.
② 꽃으로 보이는 흰색의 억새는 씨앗에 털을 가득히
   매달고 있는 열매다.
③ 푸른 가을 산등성이에 하늘거리는 억새는 은발의
   중후한 노신사를 만난 느낌이다.
④ 억새가 흰 색인 이유는 구름처럼 되고 싶어서인가.
⑤ 억새는 무저항주의 간디처럼 주저없이 다 내준다.

이처럼 「억새」를 관찰하는 수필가의 시선은 신선하다.

뒤란에 대나무가 우거져 있던 우리집엔 유난히도 참새가
많이 날아왔다. 대나무밭은 참새들의 집단숙소였다. 참새

들이 지저귀는 소리는 자연이 알리는 시계소리였다. 참새 대신 요즘은 어느집이든 공간마다 시계가 한자리 차지하고 있다. 도시에서는 참새소리가 시계를 대신하기에는 모든 것이 소란스럽고 지붕이 너무 높다.

불현듯 낙엽들이 참새가 되어 짹짹거리며 날아오른다.

– 「낙엽에는 고향냄새가 난다」 부분

참새와 낙엽. 도시감각으로서는 도저히 느낄 수 없는 전원풍경이다. 흔히 도시를 삭막한 곳으로 드러내기 마련이다. 참새가 둥지를 틀고 들어설 곳이 없기 때문이다. 대바람 소리를 들을 수 있는 환경과는 거리가 멀기 때문이다. 가을이 되어도 아름다운 낙엽을 볼 수 없기 때문이다. 그런 점 도시에 지친 현대인은 전원생활을 꿈꾸며 시골을 찾아 참새소리를 듣고 대바람 소리를 듣고 가을단풍을 대청마루에 앉아 구경하는 정서적 운치를 희망한다. 가을날 붉으스름하게 물든 단풍 너머로 노을이 물드는 풍치는 얼마나 아름다운 광경이던가. 그 아름다움을 보라는 듯 참새는 추녀 끝에 와서 지저귄다.

가을이 지나가는 길목에는 추석이 있습니다. 햇곡식으로 차례를 지내야 합니다. 뿔뿔이 흩어진 형제들도 그날만큼은 모여 차례를 지냅니다. 잠시라도 만나 회포를 풀고 변해가는 모습을 지켜봅니다.

- 「가을이 오는 소리」 부분

명절을 맞아 고향으로 가는 귀성객의 마음속에는 모처럼 만나는 그리운 피붙이가 뇌리에 있다. 명절은 멀리 떠나 사는 형제자매를 만나는 설렘으로 명절이다. '잠시라도 만나 회포를 풀고 변해가는 모습을 지켜'보는 애틋함이다. 명절은 흩어져 사는 피붙이들이 그 동안의 안부를 묻고 서로 건강하고 행복하게 살아가자는 일종의 다짐을 하는 날이기도 하다. 그런 점 「가을이 오는 소리」는 형제자매의 정다움을 가을단풍처럼 아름답게 수놓는 소리이기도 하다.

새로운 미래지향을 찾아

수필가 안영순의 수필세계는 다음 세계를 지향하려는 의지가 보여 더욱 든든하고 믿음직스럽다. 그가 보여주는 것은 수필문학의 길에서 한 걸음 더 앞서가려는 은근한 의지이기도 하다. 수필가는 수필로 말한다는 명제를 그대로 두고 보면 안영순 수필가의 수필에 대한 의지는 '또 다른 내 안의 길을 찾고 있다. 젊은 날부터 소망해 왔던 길이지만 어렵고 험난할 것이다. 시작이 늦었기에 더 더딘 길이다. 그래도 한 발 두 발 가다보면 지나온 길을 되돌아 볼 수 있는 여유를 부릴 날이 오지 않을까./ 반짝이던 젊은 날은 속절없이 바람처럼 지나고 잠 못 이루는 밤, 삶의 새로운 인식은 미로처럼 아득하다. 언젠가는 캄캄한 미로에 작은 반딧불이라도 날아와 길을 밝혀줄 것을 꿈꾸어(「길을 찾아서」 부분)보는 새로운 삶에의 욕구에 불탄다.

> 한때 빨간 내복이 유행한 적이 있다. 첫 월급을 받아 엄마에게 빨갛고 두꺼운 내복을 사드렸다. 그 내복을 입고 엄마는 세상 부러울 것 없이 기뻐하셨다. 빨간 내복이 수호신이라도 되는 양 겨우내 즐겨 입고 다녔다. 구순을 넘겨 돌아가신 엄마장례식 날 장지에서 파낸 황토 흙이 유난히도 붉게 느껴졌다. 엄마는 저승에서도 늘 붉은 내복을 입고 싶었나 보다.
>
> ─「빨간 속옷」 부분

효행의 아름다움이 「빨간 속옷」에도 나타난다. 그런 효행의 길에서 수필가는 어릴 적의 추억 한 토막을 슬쩍 문맥에 올린다. 그것은 막내 동생이 어릴 적에 길을 잃었던 이야기에 곁들여진다. 그것은 새로운 인식으로 이어지면서 수필의 한 가닥을 이룬다. '사람은 태어나면서부터 길 찾기가 시작되'(「길을 찾아서」 부분)는 과정을 보여준다.

살아가면서 사람은 이런저런 일과 부딪치는 경험을 한다. 그 가운데서도 수필가는 나름대로의 수필을 위한 길을 모색하게 된다. 대수롭지 않은 길에서도 그 길을 위한 꾸준한 노력으로 그가 지향하고자 하는 길을 탐색하고 그 길에서 일가를 이루는 공을 이룬다. 아주 거대한 희망, 거대한 인생 설계만이 모두는 아니다.

> 나는 하찮은 일을 우선순위에 둔다. 내가 산에 가는 건 아무도 관심 두지 않는 하찮은 일일 수도 있다. 그래도 병원신세 지지 않고 자 살고 있는 이유는 매일 산에 올라와 하찮은 운동을 하고 있는 덕분이라 생각하니 하찮은 일이 쌓여 하찮지 않은 일이 된다.
>
> − 「하찮은, 하찮지 않은」 일부

참 오랜만에 단비가 온다. 비가 오는 숲속 나무들의 표정이 궁금했다. 숲속은 한창 부산스러웠다. 오랜만에 만나는 나뭇잎들은 단비에게 안부를 전한다. 지나가던 바람도 한 마이 거든다. 키 큰 나무들도 키 작은 풀잎도 목을 축이기 바쁘다. 넓은 잎들은 물방울으 굴려 키 작은 풀잎에게 나누어 주기도 한다.

이제야 알 것 같다. 하찮은 일이 가장 중요할 수도 있다
는 것을.

- 상동

수필은 수필가의 정서, 수필가의 심적 고백이라든가
하는 말을 액면 그대로 적용시킨다면 위와 같은 구절에
서 수필가의 온유한 심정을 읽을 수 있다. 수필가는 스
스로의 정서를 표출함으로써 세계를 풍요롭게 하고 아
름답게 한다. 그러한 마음의 표출한 '산은 나에게 삶의
지혜를 가르쳐 준다'(「산 위에 서다」 결미)로 겸손해 한다. 그러
한 수필가이기에 사회복지사로 근무하는 친구의 일을 도
울 수 있는 기회를 갖는다.

태어나서 낯선 사람들에게 그렇게 인사를 많이 해보기는
처음이었다. 어색해서 얼굴이 홍당무가 되기도 했다. 백화
점 입구에서나 할인마트 입구에서 고객을 안내하는 사람
들 생각이 났다.(중략)빤질거리며 윤기가 흐르는 고급승용
차를 탄 사람보다 트럭을 운전하는 사람들이 인심이 후한
것 같았다.(중략)그들은 이 삭막한 세상을 생각보다 살만
하게 만드는 원동력일 것이라며 친구와 함께 흐뭇해 했다.
세상에는 생각보다 빛을 발하는 사람들이 많이 살고 있었
다. 그들은 이 삭막한 세상을 따뜻하게 만드는 햇볕일 것

이다. 처음의 부끄럽고 어색하던 생각이 차차 사라지고, 작은 일이지만 사회를 위해, 이웃을 위해 뭔가 도움이 된다고 생각하니 보람이 있었다.

- 「아름다운 나눔」 부분

사회복지공동모금회에서 친구를 도우는 일을 한 아름다움은 수필가로서 사회의 한 구성원으로서 대단히 값진 일을 한 셈이다. 다소 긴 인용이지만 그런 일은 사회를 빛나게 하는 보람 있는 일로 기억되어야겠다.

수필문학에 곁들여 설화문학으로도 기억될 이 수필집의 해설은 「거문도에서」 막을 내려야할 것 같다. 수필가 안영순의 시야에 들어온 거문도의 한 단면은 추억에 젖은 값진 아름다움이다.

드문드문 쌓아올린 바닷가 돌담은 성벽을 연상케 했다. 지붕도 보이지 않게 높게 쌓여져 있다. 지나다 빈 집에 들어가 보았다. 집은 허물어졌는데도 돌담은 세월을 건너뛴 듯이 위풍당당하다. 그 옛날 도둑걱정은 없었을 테고 짐작대로 파도 때문에 쌓은 것이라고 했다. 폭이 한 발도 넘는다. 자연에 대한 두려움을 짐작할 수 있다. 여름밤엔 돌담 위에다 가마니를 깔고 잠을 자기도 했단다. 돌담을 쌓듯 인심도 쌓으며 살아갔을 옛 섬사람들의 생활이 눈에 보이

는 듯하다. 돌 틈으로 옛날이야기 소리가 도란거리며 흘러
나온다. 섬의 돌담은 파도치는 바다가 두려워 쌓았고, 도
시의 콘크리트 담은 사람이 두려워서 자꾸만 높아지는구
나 싶었다.

- 「거문도에서」 부분

　자연사랑이란 것은 자연을 지키고 그를 아끼는 일이
다. 폭넓게 쌓은 거문도의 돌담은 밀려오는 파도에서 집
을 지키고 사람을 지키는 역할을 한다. 거센 풍파를 막
아내자면 '폭이 한 발'이나 되게 쌓아올린 돌담은 '파도
치는 바다가 두려워 쌓았고, 도시의 콘크리트 담은 사람
이 두려워' 쌓았다. 이로써 보면 거문도의 돌담은 자연
과 싸우는 인간의 지혜가 보인다. 사람이 두려워 쌓은
도시의 콘크리트에 견주면 거문도의 돌담에는 바다와 맞
서 살아가는 인간의 지혜를 엿볼 수 있다.
　'자연은 말없는 스승임을 새삼 깨닫게'(상동) 하는 거문
도의 돌담에서 자연을 극복하면서 사는 인간의 지혜를
새삼 배운다. 의미 깊은 일이다.

수필의 창작적 진화 자연발생적 증거

이 관 희(문학평론가)

예술의 시초는 원시인의 돌도끼 만들기부터라고 한다. 이는 두 가지 사실을 말 해 준다. 첫 째는 예술은 생활의 필요에 의해서 생겨났다는 것이고, 두 번째는 예술의 발생은 예술론 같은 학문이 먼저 있고 나서 된 것이 아니라 자연발생적으로 되었다는 점이다. 예술뿐만이 아니고 다른 모든 학문들도 먼저 삶이 있은 후 그 삶을 해석하는 데서부터 시작하여 문명이 이루어지는 것이다. 말할 것도 없이 후세 사람들은 선대인의 삶의 해석인 학문을 통해서 선대인들보다 훨씬 나은 예술도 하고 학문도하게 된다.

창작문예수필은 누가 이런 것이다, 라고 만들어 놓고 이제부터 이렇게 글을 쓰자, 라고 한 것이 아니다. 그 시대 작가들이 전시대로부터 전해져온 수필(에세이) 쓰기를 바탕으로 자기 나름대로 새로운 시도를 하는 일이 몇 백 년 동안 되풀이 되고 계속되는 동안 오늘날과 같은 모양으로 나타나게 된 것이다.

그렇다면 그러한 변화되는 과정의 증거가 있을 것이 아닌가? 비평자가 발굴하여 발표하고 있는 창작문예수필 작품 모두가 그 증거물들이다. 그 중에서 이 작품을 다시 예로 든다면 다음과 같은 작법이 수필의 창작적인 변화 모습이라고 할 수 있다.

이 작품의 소재는 '막내이모 이야기'이다. 작가는 막내이모와 한 집에 살게 된 어린 시절 이야기에서부터 막내이모가 행복한 삶을 살지 못하고 일찍 죽은 데까지를 서술하고 있다. 여기까지는 일반적인 기존의 수필 쓰기 형식 그대로다. 다시 말하면 이 작품의 구성법은 시간적 순서에 의한 구성법이다. 그러므로 이 작품이 막내이모의 죽음에서 끝을 맺었다면 기존의 수필 가운데 한 편이 되었을 것이다.

비평자가 이 작품을 비평 대상 작품으로 선정하게 된 까닭은 위에서 언급한 수필의 창작적인 변화 모습을 잘 보여 주고 있기 때문이다. 막내 이모가 죽은 후에 서술하고 있는 부분이 그것이다. 이것이 기존의 절대 다수의 수필이 하지 못하고 있는 창작적인 변화다.

창작문예수필의 기본 창작양식은 '소재에 대한 비유(은유·상징)창작'에 있다. 이 작품은 바로 '막내이모 이야기'라는 소재에 대한 '비유'를 창작하는 형식을 취하고 있다. "도라지꽃이 된 이모가 환하게 웃습니다."가 그것이다.

이 작품의 제목은 「도라지 꽃」이다. 작가가 제목을 「도라지 꽃」이라고 잡은 후 작품 말미에서 막내이모를 도라지꽃에 접목(형상화)하고 있는 것은 이 작가가 작품구상을 그렇게 하였다는 뜻이다. 즉 창작적인 작품 구상을 그렇게 하였다는 뜻이다. 즉 창작적인 작품구상을 하였다는 뜻인 것이다.

기존의 수필은 창작론과 관계가 없는 글쓰기를 1세기 동안 하여왔다. 기존의 수필이 창작론과 관계가 없는 글쓰기를 하여왔다는 증거는 첫 번째로는 절대 다수의 수필이라는 글들이 창작론적 구조가 없는 글들이라는 점이고, 두 번째로는 기존의 수필에는 작품을 해석 해 줄 창작론 자체가 없다는 점이다. 창작론이 없는 수필 작법서에 '수필창작' '창작수필' 등의 이름을 붙여서 출간하여 이론적 혼란을 일으키고 있는 수필계 현실이 또 하나 수필문학을 이론적 빈곤에 빠트리는 이유다.

그렇다면 기존의 수필에는 수필창작론 자체가 없는데 이 작가는 어디서 작법을 배워서 이 같은 창작적인 작품을 쓰게 된 것인가? 그 첫 번째 대답이 위에서 언급한 원시예술의 발생이 원인이 되는 인간의 예술 본능에 있다는 것이고, 두 번째는 모든 예술은 그 본질이 한 우물에서 발원한 것이므로 수필창작론이 아니더라도 시창작법과 소설창작법 등의 여타 다른 장르 예술에 오래 동안 접촉되어 오는 동안 그 작법을 내 것으로 익히게 되었을 것이라는 것이다. 이것이 수필(에세이)의 창작적 진화에 대한 자연발생적인 증거라고 할 수 있다.

*창작문예수필-작품과 작법 8-/2012년 가을